跟著本間老師一起學習

元氣日語
初級

本間岐理、郭建甫　著

推薦序

在日商工作已經將近20年，自己對於日本文化、食物都很嚮往，也常常到日本去開會或旅行。平時在辦公室更是常常聽到同事們用流利的日語交談，但是很遺憾的是自己對於日語的學習卻沒有明顯的進步。雖然有很多翻譯軟體的應用程式、或是免費學習日語的APP，但總覺得多半是強調單字背誦或是僅限於應用對話，往往內容偏於制式或稍嫌無趣，因此很難持之以恆、或學以致用。

認識作者郭建甫先生已有幾年的時間，有多次機會，發現他在日語翻譯的過程中，除了能原汁原味地將中、日語翻譯得淋漓盡致，對於許多只有真正生活在日本的人才會使用的道地日語，更是使用得爐火純青，心裡真是佩服之至。常常開玩笑地想請他在下班之後開班授課，希望能夠學一些日常實用的日語，特別是在日常生活的習慣用語，這樣可以讓同事們到日本出差或是旅行的時候更加無往不利，全然享受到日本文化。

終於等到他有時間出版的《元氣日語初級》一書了，我第一時間就推薦給公司所有員工，希望人手一本，快樂地學習日語，並實際應用於日常生活中。作者完全站在初學者的立場，使用很簡單、恰當的例子，讓我們能夠真正理解到這些字詞的正確用法。書中也使用了淺顯易懂的文字說明，來介紹一些基本的文法，這的確可以讓讀者瞭解到日本文法的全貌，對於有意想進一步學習日語的人是很重要的，也是我認為一般基礎日語學習的書本裡很少見的。

作者多年來在台灣與日本兩地有多年的工作與生活經驗，我很感謝他願意藉由這本書的出版來分享他的親身經驗。這是一本非常實用的入門書籍，真心推薦給想要學習道地日語的每一個人，希望大家能透過這本書作為學習日語的起始點，最後也能夠因為日語的學習，而充分享受日本文化、食物、及生活之美。

台灣富士電子材料股份有限公司 總經理

張 文 宏

作者からの言葉

　日本語を教え始めかれこれ20年ほど経ちましたが、日本語学科以外で第二外国語として日本語を教える機会のほうが多く、今まで様々な教科書を使って教えてきました。実際、数えきれないほどの初級レベルの本が溢れかえっている中で、この度、自分が教壇に立って得てきた経験や出会ってきた学習者のことを考えながら、今後自分が使っていきたい教科書を書きたいと思い、瑞蘭国際出版社さんとの話し合いで「元気日本語50音」に続けて出していこうと本書の出版に至った次第です。

　本書は第二外国語として日本語を学習しているクラスや、日本語に興味があって趣味として勉強したい学習者向けに、学習者が取っかかりやすく、飽きずに毎日手軽に楽しく学習できるようにと、見やすく、分かりやすい文法の導入、日本でだけではなく、台湾の生活の中でも使えるような日本語の単語や会話文、達成感が得られるような練習問題という構成で書かれております。

　また、文化コラムを充実させたことで、日本職場や生活の実態も楽しく理解してもらえることでしょう。この本で、手軽に楽しく日本語力をアップさせながら、日本語との愛を育んでいってほしいと思っております。

　最後に出版にあたり、労をとってくださった瑞蘭国際出版社の皆様に深く感謝申し上げます。

本間岐理
郭 建甫

　　從教日文開始，經過了將近20年，長年以來，以教授日文系以外的第二外語的機會較多，至今為止也使用過各式各樣的教科書來教學。而實際上，在多如繁星的初級日語教科書中，這次所想寫的書，內容希望包含在教壇所得之經驗，且符合教導過的學生所需，然後是自己將來上課也想使用的教科書。在與瑞蘭國際出版的夥伴討論後，以《元氣日語50音》的銜接書籍來出版這本初級日語教科書。

　　本書的目標讀者是以把日語當成第二外語來學習的班級，或是把日語當成興趣來學習的讀者為主。為了讓學習者可以輕鬆入門，每天愉快地學習，本書導入淺顯易懂的文法，並有在日本與台灣的生活中皆可應用的日文單字與會話，還有容易得到成就感的練習習題。

　　此外，每課皆有充實且內容豐富的文化論壇，讓讀者充滿樂趣地理解日本職場以及在日本生活的實際情形。希望讀者們可以藉由本書，一邊輕鬆愉快地提升日語能力，一邊培養對日語的愛。

　　最後要向在出版過程中，提供巨大協助的瑞蘭國際出版夥伴們致上最高的謝意。

本間岐理
郭　建甫

本書使用方法

　　本書由15課構成，每課又分為3〜4個單元以便輕鬆學習。此外，音檔收錄有單字、例句與會話，讀者可以藉由反覆聆聽而熟記，同時還可以練習聽力。

--- 第 1 課 ---

<ruby>初<rt>はじ</rt></ruby>めまして。

初次見面。

學習目標

① 基礎句型（現在肯定句、現在否定句、疑問句）的理解。

② 初次見面時的應對回答。

③ 能使用日語簡短地自我介紹。

STEP 1　學習目標：

　　在進入每一課前，先點出該課的學習目標，以了解學習主軸，迅速抓住學習節奏。

單字位於每單元的第一小節，由重音、詞性、平假名、片假名、日文漢字與中文翻譯構成。每一單元並不一次導入大量的單字，而是去蕪存菁、陸續導入，只為了讓大家好記憶。

「形的練習」是將單字替換到相同的句型以進行反覆練習。雖然僅僅是把指定的單字替換到空格中很單純的練習，但可以讓讀者習慣句型的應用。

❀❀ **第1課-1** ❀❀

 MP3-04

わたしは 学生です。

▶ ❀ **單字**

❶ わたし 0 代名	私	我
❷ かれ 1 代名	彼	他
❸ かのじょ 1 代名	彼女	她／女朋友
❹ がくせい 0 名	学生	學生
❺ せんせい 3 名	先生	老師
❻ かいしゃいん 3 名	会社員	上班族
❼ いしゃ 0 名	医者	醫生
❽ たいわん 3 名	台湾	台灣
❾ にほん 2 名	日本	日本
❿ かんこく 1 名	韓国	韓國
⓫ ～さん 0 接尾		先生／小姐
⓬ ～じん 1 名	人	人

▶ ❀ **句型Ⅰ**

名詞1は 名詞2です。
名詞1是 名詞2。

・わたしは 学生です。　　我是學生。
・林さんは 台湾人です。　　林同學是台灣人。

— 22 —

▶ ❀ **形の練習Ⅰ**

　　　　　　は　　　　　　です。

例 わたし・先生 → わたしは 先生です。
❶ わたし・黄 →
❷ 彼・韓国人 →
❸ 林・台湾人 →
❹ 陳・学生 →
❺ 佐藤・医者 →

▶ ❀ **文の練習Ⅰ**

例　　　　　1　　　　　2　　　　　3

わたし　　わたし　　先生　　　陳

例 わたしは 学生です。
❶
❷
❸

— 23 —

每課分3～4個句型，並用簡單易懂的方式標示。由於每次只介紹一個句型，因此可以慢慢地習慣日語的文法與句型。

是讓學習者可以運用所學的句型，試著自己造句的練習。於附錄的解答是半開放解答，沒有固定的標準答案，僅供參考。

STEP 6 文法：

彙整本課所學習到的句型，並且做淺顯易懂的解說。這不僅僅有助於自學，即便和老師一起學習時，也可以起到預習與複習的作用。

STEP 7 會話：

先導入會話中會用到的單字，接著盡可能地將該課學過的句型套入會話。而單字的選擇、場景的設定、會話的內容，都是以台灣的日語學習者實際上會用到的為考量。

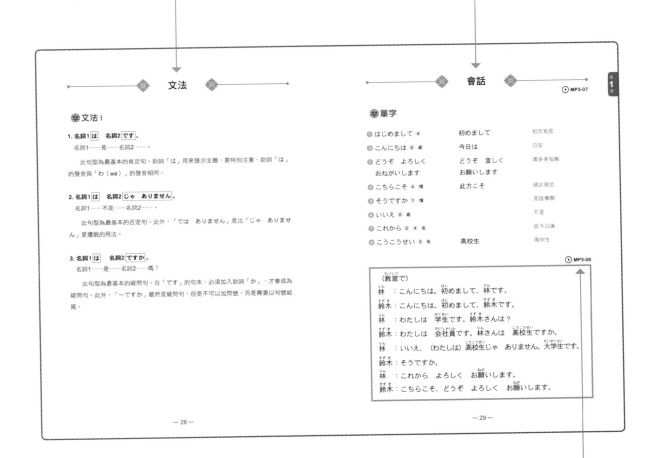

文法

✿文法 I

1. 名詞1 は 名詞2 です．

名詞1……是……名詞2……。

此句型為最基本的肯定句。助詞「は」用來提示主題，要特別注意，助詞「は」的發音與「わ（wa）」的發音相同。

2. 名詞1 は 名詞2 じゃ ありません．

名詞1……不是……名詞2……。

此句型為最基本的否定句。此外，「では ありません」是比「じゃ ありません」更禮貌的用法。

3. 名詞1 は 名詞2 ですか．

名詞1……是……名詞2……嗎？

此句型為最基本的疑問句。在「です」的句末，必須加入助詞「か」，才會成為疑問句。此外，「～ですか」雖然是疑問句，但是不可以加問號，而是需要以句號結尾。

— 28 —

會話

▶ MP3-07

✿單字

① はじめまして 4	初めまして	初次見面
② こんにちは 0 感	今日は	日安
③ どうぞ よろしく おねがいします	どうぞ 宜しく お願いします	請多多指教
④ こちらこそ 4 慣	此方こそ	彼此彼此
⑤ そうですか 1 慣		是這樣嗎
⑥ いいえ 0 感		不是
⑦ これから 0 4 名		從今以後
⑧ こうこうせい 3 名	高校生	高中生

▶ MP3-08

（教室で）

林　：こんにちは。初めまして、林です。

鈴木：こんにちは。初めまして、鈴木です。

林　：わたしは 学生です。鈴木さんは？

鈴木：わたしは 会社員です。林さんは 高校生ですか。

林　：いいえ、（わたしは）高校生じゃ ありません。大学生です。

鈴木：そうですか。

林　：これから よろしく お願いします。

鈴木：こちらこそ、どうぞ よろしく お願いします。

— 29 —

音檔：

隨書附日籍作者親錄標準日語發音＋朗讀音檔，只要掃描QR Code下載音檔，就能隨身聆聽學習，學習更有效率！

「さん」、「君」、「ちゃん」

敬稱

筆者在日本留學、上班時，常常看到許多留學生在使用稱謂的時候，將「さん」、「ちゃん」、「君」亂用，甚至稱呼前輩「～君」。還好大多數的日本人修養好，才沒有當場暴怒，因此在這裡介紹一下這三種稱謂的用法。

1.「～さん」

用在對「人」的時候，是最一般且正式的稱謂。基本上用「～さん」就不會失禮，只是如果對象是較熟的人，會讓人感覺較疏遠。但被人認為畢恭畢敬，總比被當成對輩沒大沒小好。

「～さん」主要用於以下的情況：

用法・類別	範例
人名（先生／女士）	郭さん、本間さん、鈴木さん
商店	お花屋さん、お魚屋さん、本屋さん
職業	運転手さん、お医者さん、お巡りさん
植物・動物・昆蟲	お芋さん、お猿さん、蟻さん

2.「～君」

古代以及正式場合（例如國會）的尊稱，一般來說，通常是上對下的稱謂，適用於平輩與晚輩的男性。

基本上，對稍微熟的平輩或是晚輩的男性可以用「○○君」，而這裡指的晚輩包含年齡跟地位。在日本職場上偶爾會聽到對女性用「～君」，但現在大多改為用「～さん」，主要是因為重視職場倫理與避免騷擾問題。

STEP 8 文化論壇：

藉由每課的最後小節進行學習的型態轉換，用較輕鬆的方式了解實際上日本真正的生活情況，且相信這些經驗，未來在跟日本人交流的時候必能派上用場。此小節除了是文化的學習，也為進入下一課做好緩衝與鋪陳。

如何掃描 QR Code 下載音檔

1. 以手機內建的相機或是掃描 QR Code 的 App 掃描封面的 QR Code。
2. 點選「雲端硬碟」的連結之後，進入音檔清單畫面，接著點選畫面右上角的「三個點」。
3. 點選「新增至「已加星號」專區」一欄，星星即會變成黃色或黑色，代表加入成功。
4. 開啟電腦，打開您的「雲端硬碟」網頁，點選左側欄位的「已加星號」。
5. 選擇該音檔資料夾，點滑鼠右鍵，選擇「下載」，即可將音檔存入電腦。

目 次

第0課　発音（はつおん）　17

第1課　初めまして。（はじ）　21

第2課　これは　水です。（みず）　33

MEMO

はつおん
発音

發音

學習目標

① 五十音表

② 重音記號

五十音表

 清音　　　　　　　　　　　　　　　　　　　▶ MP3-01

	あ段	い段	う段	え段	お段
あ行	あ ア a	い イ i	う ウ u	え エ e	お オ o
か行	か カ ka	き キ ki	く ク ku	け ケ ke	こ コ ko
さ行	さ サ sa	し シ shi	す ス su	せ セ se	そ ソ so
た行	た タ ta	ち チ chi	つ ツ tsu	て テ te	と ト to
な行	な ナ na	に ニ ni	ぬ ヌ nu	ね ネ ne	の ノ no
は行	は ハ ha	ひ ヒ hi	ふ フ fu	へ ヘ he	ほ ホ ho
ま行	ま マ ma	み ミ mi	む ム mu	め メ me	も モ mo
や行	や ヤ ya		ゆ ユ yu		よ ヨ yo
ら行	ら ラ ra	り リ ri	る ル ru	れ レ re	ろ ロ ro
わ行	わ ワ wa				を ヲ o
	ん ン n				

濁音・半濁音 ▶ MP3-02

が ガ **ga**	ぎ ギ **gi**	ぐ グ **gu**	げ ゲ **ge**	ご ゴ **go**
ざ ザ **za**	じ ジ **ji**	ず ズ **zu**	ぜ ゼ **ze**	ぞ ゾ **zo**
だ ダ **da**	ぢ ヂ **ji**	づ ヅ **zu**	で デ **de**	ど ド **do**
ば バ **ba**	び ビ **bi**	ぶ ブ **bu**	べ ベ **be**	ぼ ボ **bo**
ぱ パ **pa**	ぴ ピ **pi**	ぷ プ **pu**	ぺ ペ **pe**	ぽ ポ **po**

拗音 ▶ MP3-03

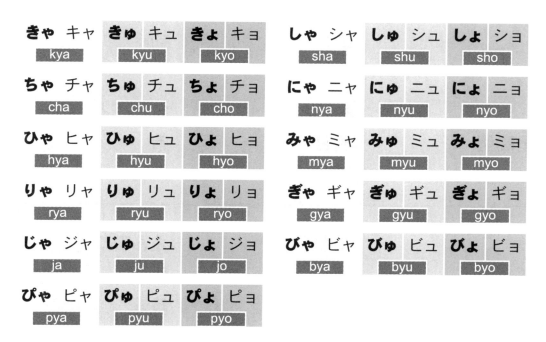

きゃ キャ **kya**	きゅ キュ **kyu**	きょ キョ **kyo**	しゃ シャ **sha**	しゅ シュ **shu**	しょ ショ **sho**
ちゃ チャ **cha**	ちゅ チュ **chu**	ちょ チョ **cho**	にゃ ニャ **nya**	にゅ ニュ **nyu**	にょ ニョ **nyo**
ひゃ ヒャ **hya**	ひゅ ヒュ **hyu**	ひょ ヒョ **hyo**	みゃ ミャ **mya**	みゅ ミュ **myu**	みょ ミョ **myo**
りゃ リャ **rya**	りゅ リュ **ryu**	りょ リョ **ryo**	ぎゃ ギャ **gya**	ぎゅ ギュ **gyu**	ぎょ ギョ **gyo**
じゃ ジャ **ja**	じゅ ジュ **ju**	じょ ジョ **jo**	びゃ ビャ **bya**	びゅ ビュ **byu**	びょ ビョ **byo**
ぴゃ ピャ **pya**	ぴゅ ピュ **pyu**	ぴょ ピョ **pyo**			

日語單字發音的高低起伏變化，是確立單字與句型發音的重要參考指標，由於基本上**日語單字中的第一音節與第二音節發音的高低一定不同**，因此發音記號確立好之後，單字與句型發音的架構也就確立了。日語單字發音的高低起伏分為①頭高型、②中高型、③尾高型、④平板型。其中③尾高型與④平板型在單字內發音的高低起伏其實沒有分別，差別是在單字後面所接續的助詞，其發音的高低起伏會有所不同。

　　發音高低起伏的表現方式有「數字式」與「畫線式」，本書內的單字採用數字式來呈現。

頭高型	めがね ① 眼鏡 眼鏡	おんがく ① 音楽 音樂
中高型	にほん ② 日本 日本	せんせい ③ 先生 老師
尾高型	あした ③ 明日 明天	おとうと ④ 弟 弟弟
平板型	にわ ⓪ 庭 庭院	えんぴつ ⓪ 鉛筆 鉛筆

初めまして。
初次見面。

學習目標

① 基礎句型（現在肯定句、現在否定句、疑問句）的理解。

② 初次見面時的應對回答。

③ 能使用日語簡短地自我介紹。

▶ MP3-04

わたしは 学生^{がくせい}です。

❀ 單字

① わたし ⓪ 代名	私	我
② かれ ① 代名	彼	他
③ かのじょ ① 代名	彼女	她、女朋友
④ がくせい ⓪ 名	学生	學生
⑤ せんせい ③ 名	先生	老師
⑥ かいしゃいん ③ 名	会社員	上班族
⑦ いしゃ ⓪ 名	医者	醫生
⑧ たいわん ③ 名	台湾	台灣
⑨ にほん ② 名	日本	日本
⑩ かんこく ① 名	韓国	韓國
⑪ ～さん ⓪ 接尾		先生／小姐
⑫ ～じん ① 名	人	人

❀ 句型 I

名詞1 は 名詞2 です。

名詞1 是 名詞2 。

・わたしは 学生^{がくせい}です。　　我是學生。

・林^{りん}さんは 台湾人^{たいわんじん}です。　　林同學是台灣人。

❀形の練習１

| | は | | です。 |

例 わたし・先生 → わたしは　先生です。

① わたし・黄 → _____

② 彼・韓国人 → _____

③ 林・台湾人 → _____

④ 陳・学生 → _____

⑤ 佐藤・医者 → _____

❀文の練習１

例　わたし　　1　わたし　　2　先生　　3　陳

例 わたしは　学生です。

① _____

② _____

③ _____

わたしは　先生じゃ　ありません。

❀ 單字

① ちゅうごく 1 名	中国	中國
② ベトナム 0 名	Vietnam（英）	越南
③ しゅふ 1 名	主婦	家庭主婦
④ けいさつかん 4 名	警察官	警察
⑤ いちねんせい 3 名	一年生	一年級學生

❀ 句型2

名詞1 は 名詞2 じゃ　ありません。

名詞1 不是 名詞2 。

・林さんは　韓国人じゃ　ありません。 林先生不是韓國人。

・彼は　先生じゃ　ありません。 他不是老師。

❀形の練習2

| | は | | じゃ　ありません。 |

例　わたし・先生　　→　　わたしは　先生じゃ　ありません。

❶ 彼女・主婦　　　→　_____

❷ 王・警察官　　　→　_____

❸ 江・ベトナム人 →　_____

❹ 劉・中国人　　　→　_____

❺ 彼・一年生　　　→　_____

❀文の練習2

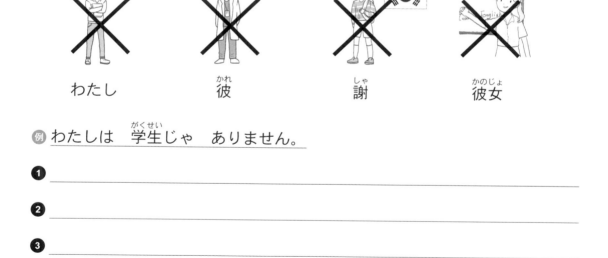

例　わたし　　　1　彼　　　2　謝　　　3　彼女

例　わたしは　学生じゃ　ありません。

❶ _____

❷ _____

❸ _____

▶ MP3-06

陳<small>ちん</small>さんは　台湾人<small>たいわんじん</small>ですか。

◉ 單字

❶ ぎんこういん 3 名	銀行員	銀行行員
❷ だいがくせい 3 4 名	大学生	大學生
❸ フランス 0 名	France（英）	法國
❹ アメリカ 0 名	America（英）	美國

◉ 句型3

名詞1 は　名詞2　ですか。

名詞1 是 名詞2 嗎？

・黄<small>こう</small>さんは　大学生<small>だいがくせい</small>ですか。　黃先生（小姐）是大學生嗎？

・先生<small>せんせい</small>は　日本人<small>にほんじん</small>ですか。　老師是日本人嗎？

◉ 形の練習3

| は | | ですか。 |

| 例 | 陳・学生 | → | 陳さんは　学生ですか。 |

❶ 郭・先生　　　　→ _____

❷ 田中・銀行員　　→ _____

❸ 鄭・大学生　　　→ _____

❹ 先生・アメリカ人 → _____

❺ 彼・フランス人　 → _____

◉ 文の練習3

例　陳さんは　学生ですか。

❶ _____

❷ _____

❸ _____

文法

文法 I

1. 名詞1 は 名詞2 です 。

　名詞1……是……名詞2……。

　　此句型為最基本的肯定句。助詞「は」用來提示主題，要特別注意，助詞「は」的發音與「わ（wa）」的發音相同。

2. 名詞1 は 名詞2 じゃ ありません 。

　名詞1……不是……名詞2……。

　　此句型為最基本的否定句。此外，「では ありません」是比「じゃ ありません」更禮貌的用法。

3. 名詞1 は 名詞2 ですか 。

　名詞1……是……名詞2……嗎？

　　此句型為最基本的疑問句。在「です」的句末，必須加入助詞「か」，才會成為疑問句。此外，「～ですか」雖然是疑問句，但是不可以加問號，而是需要以句號結尾。

◉單字

1. はじめまして ④ 　　　初めまして 　　　初次見面
2. こんにちは ⓪ 感 　　　今日は 　　　日安
3. どうぞ　よろしく 　　　どうぞ　宜しく 　　　請多多指教
　 おねがいします 　　　お願いします
4. こちらこそ ④ 慣 　　　此方こそ 　　　彼此彼此
5. そうですか ① 慣 　　　　　　　　　　是這樣啊
6. いいえ ⓪ 感 　　　　　　　　　　不是
7. これから ⓪ ④ 名 　　　　　　　　　　從今以後
8. こうこうせい ③ 名 　　　高校生 　　　高中生

▶ MP3-08

（教室^{きょうしつ}で）

林^{りん}　：こんにちは。初^{はじ}めまして、林^{りん}です。

鈴木^{すずき}：こんにちは。初^{はじ}めまして、鈴木^{すずき}です。

林^{りん}　：わたしは　学生^{がくせい}です。鈴木^{すずき}さんは？

鈴木^{すずき}：わたしは　会社員^{かいしゃいん}です。林^{りん}さんは　高校生^{こうこうせい}ですか。

林^{りん}　：いいえ、（わたしは）高校生^{こうこうせい}じゃ　ありません。大学生^{だいがくせい}です。

鈴木^{すずき}：そうですか。

林^{りん}　：これから　よろしく　お願^{ねが}いします。

鈴木^{すずき}：こちらこそ、どうぞ　よろしく　お願^{ねが}いします。

「さん」、「君」、「ちゃん」

敬稱

　　筆者在日本留學、上班時，常常看到許多留學生在使用稱謂的時候，將「さん」、「ちゃん」、「君」亂用，甚至稱呼前輩「～君」。還好大多數的日本人修養好，才沒有當場暴怒，因此在這裡介紹一下這三種稱謂的用法。

1.「～さん」

　　用在對「人」的時候，是最一般且正式的稱謂。基本上用「～さん」就不會失禮，只是如果對象是較熟的人，會讓人感覺較疏遠。但被人認為畢恭畢敬，總比被當成沒大沒小好。

「～さん」主要用於以下的情況：

用法・類別	範例
人名（先生／女士）	郭さん、本間さん、鈴木さん
商店	お花屋さん、お魚屋さん、本屋さん
職業	運転手さん、お医者さん、お巡りさん
植物・動物・昆蟲	お芋さん、お猿さん、蟻さん

2.「～君」

　　古代以及正式場合（例如國會）的尊稱，一般來説，通常是上對下的稱謂，適用於對平輩與晚輩的男性。

　　基本上，對稍微熟的平輩或是晚輩的男性可以用「〇〇君」，而這裡指的晚輩包含年齡跟地位。在日本職場上偶爾會聽到對女性用「～君」，但現在大多改為用「～さん」，主要是因為重視職場倫理與避免騷擾問題。

3.「～ちゃん」

等同於中文的「小～」、「阿～」，是對相當熟識的人才會用的稱謂。通常用於對女性晚輩，但是對夠熟的人的話，男女都可以用。

也就是說，通常「○○ちゃん」只用在稱呼小女孩，但也會用在熟識的人，如死黨、男女朋友……等。由於這是最曖昧與親暱的叫法，建議不要隨便亂用。畢竟用錯的時候，輕則遭白眼，重則被冠上性騷擾的罪名，所以請一定要謹慎。

MEMO

これは　水です。

これは　水(みず)です。

這是水。

學習目標

① 指示代名詞「これ」、「それ」、「あれ」的用法。

② 疑問句（帶疑問詞的疑問句、選擇疑問句）的用法。

③ 學習在超商、蔬果店、電器行會用到的單字。

第2課-1

▶ MP3-09

これは　水です。

🎴 單字

1 これ 0 代名			這個
2 それ 0 代名			那個（較近）
3 あれ 0 代名			那個（較遠）
4 コンビニ 0 名	convenience store（英）		便利商店
5 コーヒー 3 名	coffee（英）		咖啡
6 みず 0 名	水		水
7 おちゃ 0 名	お茶		茶
8 おにぎり 2 名	お握り		飯糰
9 パン 1 名	pão（葡萄牙語）		麵包
10 おべんとう 0 名	お弁当		便當
11 おでん 2 名			關東煮
12 プリン 1 名	pudding（英）		布丁
13 おかし 2 名	お菓子		點心

🎴 句型 I

> ### これ・それ・あれは　名詞　です。
> 這個、那個（距離較近）、那個（距離較遠）是 名詞。

・これは　水です。　　　　這是水。

・あれは　コーヒーです。　那是咖啡。

⊛形の練習1

これ・それ・あれ　は 　　　　　 です。

例 これ・水_{みず}　　→　これは　水_{みず}です。

❶ これ・お茶_{ちゃ}　　→　_____

❷ それ・パン　　→　_____

❸ それ・プリン　→　_____

❹ あれ・お弁当_{べんとう}　→　_____

❺ あれ・お菓子_{かし}　→　_____

⊛文の練習1

例/　　　　　　　　1　　　　　　　2　　　　　　　3

例 これは　水_{みず}です。

❶ _____

❷ _____

❸ _____

▶ MP3-10

これは　何ですか。

🎴 單字

❶ やおや ⓪ 名	八百屋	蔬果店
❷ くだもの ② 名	果物	水果
❸ やさい ⓪ 名	野菜	蔬菜
❹ りんご ⓪ 名	林檎	蘋果
❺ みかん ① 名	蜜柑	橘子
❻ すいか ⓪ 名	西瓜	西瓜
❼ マンゴー ① 名	mango（英）	芒果
❽ ライチ ① 名	lychee（英）	荔枝
❾ いちご ⓪ 名	苺	草莓
❿ なし ② 名	梨	梨子

🎴 句型2

これ・それ・あれは　何ですか。
・・・名詞です。

這個、那個（距離較近）、那個（距離較遠）是什麼呢？

…是名詞。

・これは　何ですか。・・・りんごです。　　這是什麼呢？…是蘋果。

・それは　何ですか。・・・ライチです。　　那是什麼呢？…是荔枝。

⚙形の練習2

A：これ・それ・あれ は 何^{なん}ですか。

B：これ・それ・あれ は ＿＿＿＿＿＿ です。

例 これ・それ・ライチ → A：<u>これは　何^{なん}ですか。</u>　B：<u>それは　ライチです。</u>

❶ これ・それ・果物^{くだもの}　→　A：＿＿＿＿＿＿＿＿＿　B：＿＿＿＿＿＿＿＿＿

❷ それ・これ・野菜^{やさい}　→　A：＿＿＿＿＿＿＿＿＿　B：＿＿＿＿＿＿＿＿＿

❸ あれ・あれ・みかん　→　A：＿＿＿＿＿＿＿＿＿　B：＿＿＿＿＿＿＿＿＿

❹ それ・これ・梨^{なし}　→　A：＿＿＿＿＿＿＿＿＿　B：＿＿＿＿＿＿＿＿＿

⚙文の練習2

例

りんごです。

例 A：<u>これは　何^{なん}ですか。</u>　B：<u>それは　りんごです。</u>

❶ A：＿＿＿＿＿＿＿＿＿＿　B：＿＿＿＿＿＿＿＿＿＿＿

❷ A：＿＿＿＿＿＿＿＿＿＿　B：＿＿＿＿＿＿＿＿＿＿＿

❸ A：＿＿＿＿＿＿＿＿＿＿　B：＿＿＿＿＿＿＿＿＿＿＿

▶ MP3-11

これは　カメラですか、時計^{とけい}ですか。

❀ 單字

❶ でんきや 0 名	電気屋	電器行
❷ カメラ 1 名	camera（英）	相機
❸ とけい 0 名	時計	時鐘
❹ テレビ 1 名	television（英）	電視
❺ コンピューター 3 名	computer（英）	電腦
❻ ファックス 1 名	fax（英）	傳真機
❼ でんわ 0 名	電話	電話
❽ エアコン 0 名	air-conditioner（英）	冷氣
❾ ヒーター 1 名	heater（英）	暖器
❿ コピーき 2 名	copy機（英）	影印機

❀ 句型3

> ### これ・それ・あれは　名詞1 ですか、名詞2 ですか。
> 這個、那個（距離較近）、那個（距離較遠）是 名詞1 還是 名詞2 呢？

・これは　カメラですか、時計^{とけい}ですか。　　這是相機嗎？還是時鐘呢？

・あれは　電話^{でんわ}ですか、ファックスですか。　　那是電話嗎？還是傳真機呢？

❁形の練習3

A： ☐☐☐☐ は ☐☐☐☐ ですか、 ☐☐☐☐ ですか。
B： ☐☐☐☐ です。

例 これ・カメラ・時計(とけい)・時計(とけい)

→　A：これは　カメラですか、時計(とけい)ですか。　B：時計(とけい)です。

❶ これ・エアコン・ヒーター・エアコン

→　A：＿＿＿＿＿＿＿＿＿＿＿　B：＿＿＿＿＿＿＿＿＿

❷ それ・テレビ・コンピューター・テレビ

→　A：＿＿＿＿＿＿＿＿＿＿＿　B：＿＿＿＿＿＿＿＿＿

❸ あれ・電話(でんわ)・時計(とけい)・電話(でんわ)

→　A：＿＿＿＿＿＿＿＿＿＿＿　B：＿＿＿＿＿＿＿＿＿

❀ 文の練習3

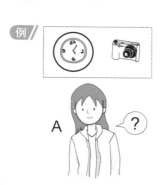

例

1

2

3

例 A：これは　カメラですか、時計（とけい）ですか。　　B：時計（とけい）です。

❶ A：＿＿＿＿＿＿＿＿＿＿＿　　B：＿＿＿＿＿＿＿＿＿

❷ A：＿＿＿＿＿＿＿＿＿＿＿　　B：＿＿＿＿＿＿＿＿＿

❸ A：＿＿＿＿＿＿＿＿＿＿＿　　B：＿＿＿＿＿＿＿＿＿

文法 I：指示代名詞

本課下列句型為指示代名詞的基本句型。要注意的是，「それ」跟「あれ」都翻譯為「那個」，但在日語中是有距離差異的（「それ」指離說話者較近的東西，「あれ」指離說話者較遠的東西）。說話時可用指示代名詞來代替所指的物品。

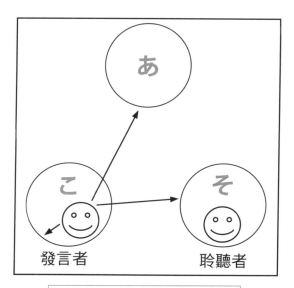

説話者和聆聽者的相對情況

こ：離發言者較近的物品或場所
そ：離聆聽者較近的物品或場所
あ：離兩者都很遠的物品或場所
ど：疑問詞

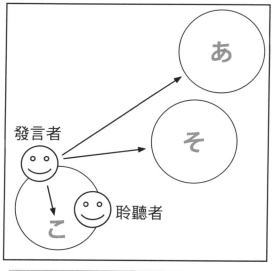

説話者和聆聽者在同個領域的情況下

こ：離兩者都較近的物品或場所
そ：離兩者都較遠的物品或場所
あ：離兩者都很遠的物品或場所
ど：疑問詞

これ・それ・あれは　名詞　です。

這個・那個（較近）・那個（較遠）……是 名詞 。

此句型為指定特定物品時所使用的句型。要注意的是，「それ」跟「あれ」都翻譯為「那個」，但在日語中是有距離差異的（前者離說話者較近，後者離說話者較遠）。

これ・それ・あれは　何ですか。……名詞です。

這個・那個（離説話者較近）・那個（離説話者較遠）是什麼呢？是……名詞。

✿ 文法2：疑問詞問句

會用到疑問詞「何：什麼」的問句。

→ 語句的順序不變，在句子最後加上助詞「か」。

これは　何ですか。　　　　　　　　這是什麼呢？

……（これは）りんごです。　　　　這是蘋果。

……（これは）西瓜では　ありません。　這不是西瓜。

→不可以用「是（はい）」與「不是（いいえ）」來回答。

→因為「これは」（主題的部分）是雙方都了解的事，所以可以省略。

✿ 文法3：選擇疑問句

使用在有兩個以上選項的「並列疑問句、選擇問句」。回答通常為A或B二選一。「Aですか、Bですか」後面「か」的發音要上揚。

例 これはカメラですか、時計ですか。　　這是相機嗎？還是時鐘呢？

……時計です。　　　　　　　　　　是時鐘。

回答中不説「はい」（是）、「いいえ」（不是），而是直接説出其中正確的句子。

疑問句的整理
① 是非問句　「名詞1は　名詞2ですか。」
例 Q：これは　エアコンですか。　　　　這是冷氣嗎？

A：はい、エアコンです。　　　　　　是，是冷氣。

いいえ、エアコンじゃ　ありません。　不，不是冷氣。

② 用到疑問詞的問句　「名詞 は　疑問詞 ですか。」

例 Q：これは　何_{なん}ですか。　　　　　　　　　　這是什麼呢？

　A：それは　ファックスです。　　　　　　　　那是傳真機。

③ 選擇問句　　「名詞1 は　名詞2 ですか、名詞3 ですか。」

例 Q：これは　カメラですか、電話_{でんわ}ですか。　這是相機嗎？還是電話呢？

　A：カメラです。　　　　　　　　　　　　　　是相機。

❀單字

1	てんいん 0 名	店員	店員
2	きゃく 0 名	客	顧客
3	いらっしゃいませ 6		歡迎光臨
4	あのう 0 感		呃……／那個……（句前語助詞）
5	オレンジ 2 名	orange（英）	柳橙
6	えひめ 1 名	愛媛	愛媛（縣）

▶ MP3-13

（果物屋で）

店員：いらっしゃいませ。

客　：あのう　すみません。これは　何ですか。

店員：これは　マンゴーですよ。

客　：じゃ、あれは　何ですか。

店員：あれは　ライチです。

客　：ん？それは、みかんですか、オレンジですか。

店員：みかんです。

客　：へー、どこの　みかんですか。

店員：愛媛のですよ。

客　：そうですか。

お買い物

購物

　　日本的生活、食材、消費模式和台灣略有不同，對於未來有機會到日本旅遊或留學的讀者，筆者希望盡可能分享更多的購物選擇，不會買東西都只有到超市，而是可以根據實際需求做搭配。

1. 超級市場

　　超市除了因為各地價格略有不同外，品質與價格相當穩定，是一般購物的最佳選擇。而且在特別的日子，如每個月29日是「肉之日」（ニクの日）；8月7日是「香蕉之日」（バナナの日），通常都有促銷。加上每晚約8點以後，通常便當、熟食都會開始打折（割引），那更是像筆者一樣的留學生的天堂。

　　而最近便利商店（如Lawson系列的Lawson100）與雜貨店定位的唐吉訶德（ドン・キホーテ）也有超市化的傾向，開始販賣新鮮食材與較多的熟食，只是服務會比較少，例如無法幫忙殺魚，絞肉……等。

2. 商店街（八百屋（菜販）、精肉店（肉販）、魚屋（魚販））

　　所謂術業有專攻，如果你是對料理品味有很高追求的人，就請不要去為難超市的打工阿姨了（她們也只是一般的主婦，可能也跟你一樣不知道沙朗跟菲力差在哪裡……）。此時你可以去商店街的專門店，雖然買個菜要多跑幾家店，但是食材新鮮且專業度高。而且通常老闆都是家族直營的第2或3代，依靠幾十年的經驗親自批貨，因此可以給你更多的料理建議與資訊。

3. 業務超市

　　透過大分量包裝來壓低單價、針對小的自營業者如居酒屋的採購孕育而生的，就是業務用超市，而這樣的地方，當然也是一般人口較多的家庭的首選。不僅量多且較便宜之外，也會有許多為了方便商家處理而產生的業務用商品，例如山藥泥……等。（由於磨山藥泥時手會很癢，自家因為使用量不多，所以就不會特別磨山藥泥，這時就可以到業務超市購買現成的山藥泥來吃。）

MEMO

きょうしつ
教室で。

在教室裡。

學習目標

① 學習疑問詞「<ruby>誰<rt>だれ</rt></ruby>」、「<ruby>何<rt>なん</rt></ruby>」。

② 學習「この、その、あの＋名詞」。

③ 學習助詞「も」、「の」。

④ 學習學校生活中會用到的單字。

▶ MP3-14

これは　陳さんの　本です。

❀單字

① ボールペン 0 名		ball pen（英）	原子筆
② カッター 1 名		cutter（英）	美工刀
③ ほん 1 名		本	書
④ ノート 1 名		note（英）	筆記本
⑤ ホッチキス 1 名		Hotchkiss（英）※	釘書機
⑥ えいご 0 名		英語	英文
⑦ しゅうせいテープ 5 名		修正tape（英）	立可帶
⑧ きょうかしょ 3 名		教科書	教科書
⑨ ざっし 0 名		雑誌	雑誌
⑩ だれ 1 疑		誰	誰

※最初進口釘書機到日本的公司

❀句型I

> これ、それ、あれは　何・誰の　名詞1　ですか。
> ・・・（これ、それ、あれは）　名詞2　の　名詞1　です。
>
> 這個、那個（距離較近）、那個（距離較遠）是什麼的・誰的 名詞1 呢？
> …這個、那個（距離較近）、那個（距離較遠）是 名詞2 的 名詞1 。

・これは　何の　本ですか。　　・・・英語の　本です。
這是什麼書呢？　　　　　　　　　…是英語書。

・あれは　誰の　修正テープですか。　　・・・友達の　修正テープです。
那是誰的立可帶呢？　　　　　　　　　　…是朋友的立可帶。

🎞 形の練習 1-1

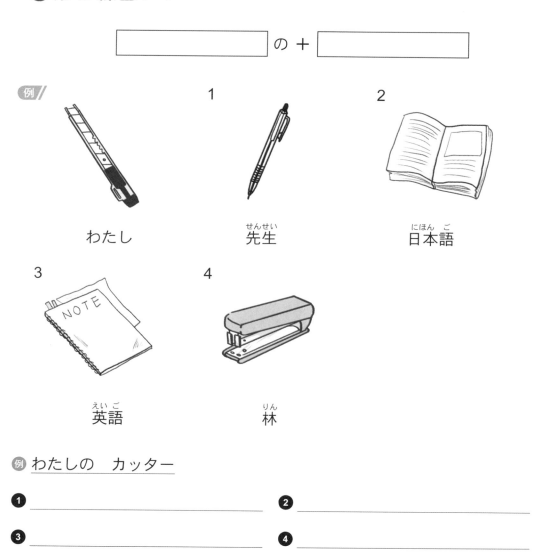

これは	の ＋	

例　わたし

1　先生

2　日本語

3　英語

4　林

例 わたしの　カッター

❶ _____

❷ _____

❸ _____

❹ _____

◉ 形の練習 1-2

これは [＿＿＿＿＿＿] の [＿＿＿＿＿＿] です。

例
とう
唐

1
カメラ

2
こう
高

3
えいご
英語

4
にほんご
日本語

5
やました
山下

例 これは　唐さんの　ボールペンです。
とう

❶ _____

❷ _____

❸ _____

❹ _____

❺ _____

文の練習 I

例

ちん
陳

1

かく
郭

2

た なか
田中

3

えい ご
英語

4

コンピューター

例 これは　誰の　本ですか。　　　→　それは　陳さんのです。

❶ _____ → _____

❷ _____ → _____

❸ _____ → _____

❹ _____ → _____

⏵ MP3-15

この 本^{ほん}は 誰^{だれ}のですか。

この　本は　誰のですか。

◉ 單字

❶ かぎ ② 名	鍵		鑰匙
❷ てちょう ⓪ 名	手帳		記事本
❸ はさみ ② ③ 名	鋏		剪刀
❹ USBメモリー ⑦ 名	USB memory（英）		隨身碟
❺ ものさし ③ 名	物差し		尺
❻ ふでばこ ⓪ 名	筆箱		鉛筆盒
❼ プリント ⓪ 名	print（英）		影印文件、講義
❽ けしゴム ⓪ 名	消しgom（荷）		橡皮擦
❾ えんぴつ ⓪ 名	鉛筆		鉛筆
❿ シャープペンシル ④ 名	sharp pencil（英）		自動鉛筆

◉ 句型 I

> この、その、あの＋ 名詞 は 誰^{だれ}のですか。
> ・・・ 名詞 （人）のです。
>
> 這個、那個（距離較近）、那個（距離較遠） 名詞 是誰的呢？
> …是 名詞 （人）的。

・この　ボールペンは　誰^{だれ}のですか。　　・・・古^こさんのです。
　這支原子筆是誰的呢？　　　　　　　　　…是古先生（小姐）的。

・その　物差しは　誰のですか。　　・・・劉さんのです。
那把尺是誰的呢？　　　　　　　　　　…是劉先生（小姐）的。

◉形の練習2-1

| この
その
あの | ＿＿＿＿ は ＿＿＿＿ の ＿＿＿＿ です。 |

例 この・消しゴム・陳・消しゴム

→　この　消しゴムは　陳さんの　消しゴムです。

❶ この・鍵・林・鍵

→ ＿＿＿＿＿＿＿＿＿＿＿＿＿＿＿＿＿＿＿＿

❷ この・筆箱・周・筆箱

→ ＿＿＿＿＿＿＿＿＿＿＿＿＿＿＿＿＿＿＿＿

❸ その・はさみ・劉・はさみ

→ ＿＿＿＿＿＿＿＿＿＿＿＿＿＿＿＿＿＿＿＿

| この
その
あの | ＿＿＿＿ は ＿＿＿＿ のです。 |

❹ その・USBメモリー・先生

→ ＿＿＿＿＿＿＿＿＿＿＿＿＿＿＿＿＿＿＿＿

❺ あの・鍵・王

→ ＿＿＿＿＿＿＿＿＿＿＿＿＿＿＿＿＿＿＿＿

❻ あの・物差し・簡

→ ＿＿＿＿＿＿＿＿＿＿＿＿＿＿＿＿＿＿＿＿

❀形の練習2-2

| | は　誰<ruby>だれ</ruby>のですか。　・・・ | | のです。 |

例 この・水<ruby>みず</ruby>・陳<ruby>ちん</ruby>　　　　　→　　この　水<ruby>みず</ruby>は　誰<ruby>だれ</ruby>のですか。

・・・ 陳<ruby>ちん</ruby>さんのです。

❶ この・USBメモリー・蔡<ruby>さい</ruby>　→　_____

・・・　_____

❷ その・プリント・孫<ruby>そん</ruby>　　→　_____

・・・　_____

❸ あの・筆箱<ruby>ふでばこ</ruby>・頼<ruby>らい</ruby>　　→　_____

・・・　_____

❀文の練習2-1

例	1	2

陳<ruby>ちん</ruby>	林<ruby>りん</ruby>	張<ruby>ちょう</ruby>

3	4

黄<ruby>こう</ruby>	楊<ruby>よう</ruby>

例 この　プリントは　誰のですか。　　　　→　陳さんのです。

❶ この　鍵は　誰のですか。　　　　　　　→ _____

❷ あの　シャープペンシルは　誰のですか。→ _____

❸ その　手帳は　誰のですか。　　　　　　→ _____

❹ この　USBメモリーは　誰のですか。　→ _____

文の練習2-2

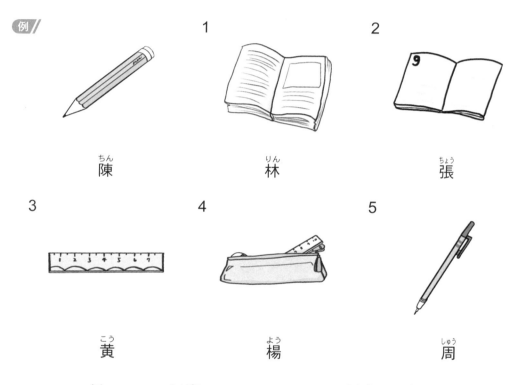

例

1

2

陳

林

張

3

4

5

黄

楊

周

例 これは　陳さんの　鉛筆です。　→　この　鉛筆は　陳さんのです。

❶ これは　林さんの　プリントです。

→ _____

❷ あれは　張さんの　手帳です。

→ _____

❸ それは　黄さんの　物差しです。

　→ _____

❹ これは　楊さんの　筆箱です。

　→ _____

❺ あれは　周さんの　シャープペンシルです。

　→ _____

陳さんの　傘は　どれですか。

🎯單字

① めがね 1 名	眼鏡	眼鏡
② かばん 0 名	鞄	包包
③ さいふ 0 名	財布	錢包
④ かさ 1 名	傘	傘
⑤ けいたい 0 名	携帯	手機
⑥ じゅうでんき 3 名	充電器	充電器
⑦ どれ 1 代		哪個

🎯句型3

> 名詞1 の　名詞2 は　どれですか。
> ・・・これ・それ・あれです。
>
> 名詞1 的 名詞2 是哪一個呢？
>
> 是這個、那個（距離較近）、那個（距離較遠）。

・日本語の　本は　どれですか。　　　　　・・・これです。

　日語的書是哪一本呢？　　　　　　　　　…是這本。

・陳さんの　ホッチキスは　どれですか。　・・・それです。

　陳先生（小姐）的釘書機是哪一個呢？　　…是那個。

✿ 形の練習3

　　[＿＿＿＿＿＿]　の　[＿＿＿＿＿＿]　は　どれですか。

例 陳・本 → 陳さんの　本は　どれですか。

❶ 張・傘 → _____

❷ 王・携帯 → _____

❸ 黄・充電器 → _____

❹ 林・眼鏡 → _____

✿ 文の練習3

例　陳　カメラ

1　何　傘

2　呂　かばん

3　楊　財布

4

<ruby>黄<rt>こう</rt></ruby>

<ruby>携帯<rt>けいたい</rt></ruby>

例 A：<ruby>陳<rt>ちん</rt></ruby>さんの　カメラは　どれですか。　　B：これです。

❶ A：_____　　B：_____

❷ A：_____　　B：_____

❸ A：_____　　B：_____

❹ A：_____　　B：_____

⚙ 文法１：疑問詞「何」、「誰」

　　在疑問句中，詢問的對象為「無生命的東西」時，疑問詞用「何」（什麼）；詢問的對象為「人」時，疑問詞用「誰」（誰）。

これは　英語の　本です。　　　　　這是英語的書。
　　　　　　　？
＝ これは　何の　本ですか。　　　　這是什麼書呢？

これは　陳さんの　本です。　　　　這是陳先生（小姐）的書。
　　　　　　　？
＝ これは　誰の　本ですか。　　　　這是誰的書呢？

　　此外，「誰」的禮貌體會變成「どなた」（哪一位）。

⚙ 文法２

１.「この」、「その」、「あの」

　　「この」、「その」、「あの」不能單獨使用，在其後面一定要接名詞。

例 **この　ボールペンは　先生のです。**　　這支原子筆是老師的。
　　名詞

2. 取代名詞的「の」

　　在「名詞1 の 名詞2 です」的情況下，若是「名詞2」為對方已知訊息的情形，則可以省略重複的相同詞彙，並以「の」取代「名詞2」。

これは　先生の　眼鏡です。　　　　　　　　　　　這是老師的眼鏡。

＝ これは　先生のです。　　　　　　　　　　　　　　這是老師的。

「の」成為「眼鏡」的替代名詞。

這個時候記得不要忘了要加上「の」（的）。

× この　本は　誰ですか。　　　　　　　　　　　這本書是誰呢？

○ この　本は　誰のですか。　　　　　　　　　　這本書是誰「的」呢？

❀文法₃：疑問詞「どれ」

遇到「不知道是哪一個物品，且要在三個（以上）選項中擇一」的狀態下使用。

例 先生の　携帯は　どれですか。　　　　　　　　これです。

老師的手機是哪一支呢？　　　　　　　　　　　是這支。

會話

單字

❶ パソコン ⓪ 名	personal computer（英）	個人電腦
❷ すてき ⓪ 形	素敵	好極了
❸ きょう ① 名	今日	今天
❹ きのう ⓪② 名	昨日	昨天
❺ も ⓪ 助		也

MP3-18

（教室で）

先生：これは　林さんの　パソコンですか。

林　：あっ、そうです。

先生：この　充電器も　林さんのですか。

林　：ええ、それも　わたしのです。すみません。

先生：この　雑誌は　誰のですか。周さんのですか。

周　：何の　雑誌ですか。

先生：英語の　雑誌です。

周　：それは、わたしのじゃ　ありません。劉さんのです。あっ、
　　　先生、すみません、今日の　プリントは　どれですか。

先生：今日のは　それですよ。

学校と教育

學校與教育

　　説到日本的教育制度，跟台灣的差異頗大，尤其台灣的學生即便到日本留學，也很少從高中以下開始就讀，因此對日本的學期制度與聯考制度也比較不了解，這也影響筆者之前看日本連續劇如《東大特訓班》（ドラゴン桜）的理解能力。在此，筆者想跟讀者們分享日本與台灣教育制度的不同之處。

多元的學期制度

　　日本的學期制度可說是相當特殊，幾乎所有高中（含）以下的學校都是實行3學期制，而大學以上則幾乎都是2學期制。但是實際上，整個日本實施1學期制到6學期制的學校都有。

日本小學、國中、高中「3學期制」與大學以上「2學期制」

	4月	5月	6月	7月	8月	9月	10月	11月	12月	1月	2月	3月
2學期制	上學期				暑假		下學期			寒假	下學期	
3學期制	第一學期				暑假	第二學期				寒假	第三學期	

大學入學制度

　　日本的大學入學制度比台灣還複雜，讓學生必須要押寶準備，也因此造就了許多「浪人」（重考生）。順帶一提，由於考試制度與難度問題，在日本重考是相對普遍的一件事，筆者也曾碰過「三浪」（重考三年於第四年考上）的學長呢。

MEMO

たいぺい
台北で。

在台北。

學習目標

① 學習場所的指示語「ここ」、「そこ」、「あそこ」。

② 學習疑問詞「どこ」。

③ 學習與街道、車站、百貨公司相關的人或物的單字。

▶ MP3-19

ここは　西門町です。
（せい もん ちょう）

❀ 單字

❶ ここ 0 代名			這裡
❷ こちら 0 代名			這裡（「ここ」的禮貌型）
❸ そこ 0 代名			那裡（比起「あそこ」距離較近）
❹ そちら 0 代名			那裡（比起「あちら」距離較近，「そこ」的禮貌型）
❺ あそこ 0 代名			那裡（比起「そこ」距離較遠）
❻ あちら 0 代名			那裡（比起「そちら」距離較遠，「あそこ」的禮貌型）
❼ たんすい 1 名	淡水		淡水
❽ バスてい 0 名	bus停（英）		公車站牌
❾ トイレ 1 名	toilet（英）		廁所
❿ ふなのりば 3 名	船乗り場		乘船處（碼頭）
⓫ きっさてん 0 3 名	喫茶店		咖啡廳
⓬ ざっかや 0 名	雑貨屋		雜貨店

✺ 句型 I

ここ、そこ、あそこは 名詞 です。

這裡、那裡（距離較近）、那裡（距離較遠）是 名詞 。

・ここは　淡水（たんすい）です。　　　　這裡是淡水。

・そこは　トイレです。　　　　　　　　那裡是廁所。

✺ 形の練習 I

| ここ・そこ・あそこ は | | です。 |

例 ここ・淡水（たんすい）　　→　ここは　淡水（たんすい）です。

❶ ここ・バス停（てい）　　→　_____

❷ そこ・トイレ　　→　_____

❸ あそこ・喫茶店（きっさてん）　　→　_____

| こちら・そちら・あちら は | | です。 |

❹ こちら・雑貨屋（ざっかや）　　→　_____

❺ そちら・船乗り場（ふなのりば）　　→　_____

❻ あちら・淡水（たんすい）　　→　_____

✿文の練習 1

1

2

3

例 <u>ここは　淡水<ruby>たんすい</ruby>です。</u>

① _____

② _____

③ _____

<ruby>台北駅<rt>たい ぺい えき</rt></ruby>は　そこです。

單字

① たいぺいえき ③ 名	台北駅	台北車站
② こうてつ ⓪ 名	高鉄	高鐵
③ たいてつ ⓪ 名	台鉄	台鐵
④ エムアールティー ⑥ 名	MRT（英）	捷運
⑤ きっぷうりば ④ 名	切符売り場	售票處
⑥ ちかがい ② 名	地下街	地下街
⑦ のりば ⓪ 名	乗り場	乘車處
⑧ エーティーエム ⑤ 名	ATM（英）	自動提款機
⑨ えきいん ② 名	駅員	車站站務員

第4課

句型2

> 名詞 は　ここ、そこ、あそこです。
>
> 名詞 在這裡、那裡（距離較近）、那裡（距離較遠）。

・<ruby>台北駅<rt>たい ぺい えき</rt></ruby>は　あそこです。　　　台北車站在那裡。

・<ruby>地下街<rt>ち か がい</rt></ruby>は　そこです。　　　　地下街在那裡。

❀形の練習2

| | は | ここ、そこ、あそこ | です。|

例 台北駅（たいぺいえき）・ここ　　→　台北駅（たいぺいえき）は　ここです。

❶ 地下街（ちかがい）・ここ　　　　→　_____

❷ 切符売り場（きっぷうりば）・そこ　→　_____

❸ 高鉄乗り場（こうてつのりば）・あそこ →　_____

| | は | こちら、そちら、あちら | です。|

❹ ATM・そちら　　　　　　→　_____

❺ MRT乗り場（のりば）・あちら →　_____

❻ 台鉄乗り場（たいてつのりば）・こちら →　_____

❀文の練習2

例 /

1

2

3

4

例 台北駅_{たいぺいえき} → 台北駅は_{たいぺいえき}　ここです。

❶ MRT乗り場_{の ば} → _____

❷ 切符売り場_{きっ ぷ う ば} → _____

❸ 駅員_{えきいん} → _____

❹ 地下街_{ち か がい} → _____

台北101は　どこですか。
たいぺい

🟤 單字

1	たいぺいいちまるいち	4	名	台北101	台北101
2	フードコート	4	名	food court（英）	美食街
3	サービスセンター	5	名	service center（英）	服務台
4	コインロッカー	4	名	coin locker（英和）	投幣式置物櫃
5	エレベーター	3	名	elevator（英）	電梯
6	エスカレーター	4	名	escalator（英）	手扶梯
7	レジ	1	名	register（英）	收銀台
8	どこ	1	代名	何処	哪裡

🟤 句型3

> **名詞** は　どこですか。
> 名詞 在哪裡呢？

・台北101は　どこですか。
たいぺい
　請問台北101在哪裡呢？

・・・あそこです。
…在那裡。

・電話は　どこですか。
でんわ
　請問電話在哪裡呢？

・・・そこです。
…在那裡。

❀ 形の練習3

┌─────────────────┐
│   │ は　どこですか。
└─────────────────┘

例 トイレ　　　　　　　→　<u>トイレは　どこですか。</u>

❶ 台北101_{たいぺい}　　　　　→　_____

❷ コインロッカー　　→　_____

❸ 店員_{てんいん}　　　　　　　→　_____

┌─────────────────┐
│   │ は　どちらですか。
└─────────────────┘

❹ エレベーター　　　→　_____

❺ エスカレーター　　→　_____

❻ フードコート　　　→　_____

❀ 文の練習3

例

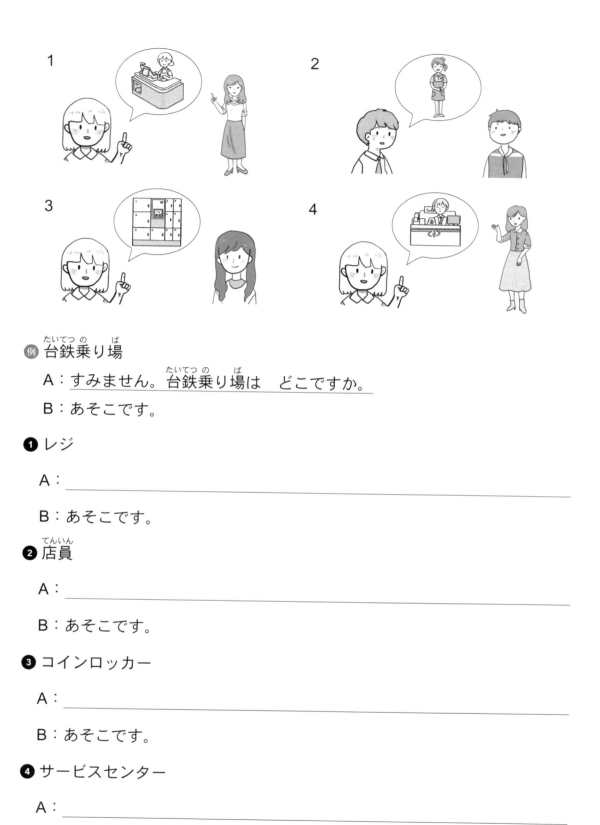

例 台鉄乗り場
(たいてつ の ば)

A：すみません。台鉄乗り場は　どこですか。
(たいてつ の ば)

B：あそこです。

❶ レジ

A：＿＿＿＿＿＿＿＿＿＿＿＿＿＿＿＿＿＿＿＿＿＿＿＿＿＿＿

B：あそこです。

❷ 店員
(てんいん)

A：＿＿＿＿＿＿＿＿＿＿＿＿＿＿＿＿＿＿＿＿＿＿＿＿＿＿＿

B：あそこです。

❸ コインロッカー

A：＿＿＿＿＿＿＿＿＿＿＿＿＿＿＿＿＿＿＿＿＿＿＿＿＿＿＿

B：あそこです。

❹ サービスセンター

A：＿＿＿＿＿＿＿＿＿＿＿＿＿＿＿＿＿＿＿＿＿＿＿＿＿＿＿

B：あそこです。

文法

✿ 文法1：指示代名詞

1.「ここ、そこ、あそこ」是表示場所的指示語

　　「ここ、そこ、あそこ」是指特定的場所。

2. 禮貌型「こちら、そちら、あちら」

　　與「ここ、そこ、あそこ」的意思沒有差別，是比較禮貌的用法。

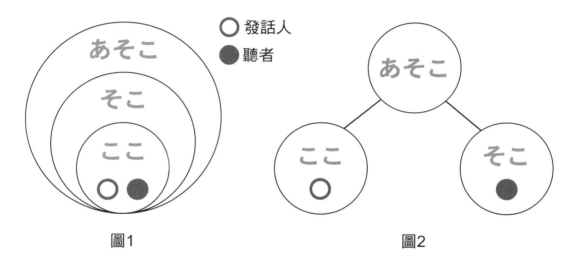

　　　　　　　　　圖1　　　　　　　　　　　　　　　圖2

　　圖1：發話人與聽者在同個領域。　　圖2：發話人與聽者為相對的狀況。

　　此外，「こちら、そちら、あちら」也表示方向。

場所	ここ	そこ	あそこ	どこ
方向	こちら	そちら	あちら	＊どちら
場所（禮貌用法）				

＊在 文法3 中會有更詳細的說明。

3. トイレ（廁所）＝お手洗い（洗手間）

　　「お手洗い」是「洗手間」，是比「トイレ」（廁所）更有禮貌的用法。

❈ 文法2：表示存在的句型

「 名詞 は（ここ、そこ、あそこ）です。」的「名詞」可以用在場所、物品、人物等，表示這些人或東西的存在。

❈ 文法3：疑問詞「どこ」

當不知道地點在哪裡、而想要詢問地點的時候，要使用疑問詞「どこ」。

例 トイレは　どこですか。　　　・・・あそこです。

廁所在哪裡呢？　　　　　　　…在那裡。

而意思與「どこ」相同、但是更為禮貌的用法是「どちら」。

例 ATMは　どちらですか。　　　・・・そちらですよ。

ATM在哪裡呢？　　　　　　　…在那裡喔。

⚙單字

① ディンタイフォン 3 名 　　　　鼎泰豐（中）　　　　鼎泰豐

② ありがとう　ございます 2 感 　　有難う　ございます　　　謝謝

▶ MP3-23

（台北101で）

田中：すみません。フードコートは　どこですか。

林　：あちらですよ。

田中：どうも。

（フードコートで）

田中：あのう。ディンタイフォンは　ここですか。

店員：ディンタイフォンは　ここじゃ　ありませんよ。

田中：そうですか。では、どちらですか。

店員：あちらの　フードコートですよ。

田中：ありがとう　ございます。

日本の私鉄文化

日本的私人鐵道文化

　　日本的鐵路歷史相當悠久，從1872年第一條鐵路設立至今，已經是中央經營（如JR，已法人化）、地方政府經營（如東京Metro，已法人化）與私人企業經營等各山頭林立。對於鐵道迷而言，許多資訊其實已經可以透過各種管道得知，因此不多贅述。而這裡筆者想要分享日本特有的私鐵（民營鐵路）文化。

　　相較於全世界的鐵路大多為國營（或國營法人化）的狀態，日本則是私鐵林立，並且有些載客量甚至比國鐵還高。像是在台灣，就很難想像有一間私人企業可以自行修建鐵路。實際上，鐵路雖然入門門檻高，但是背後的利益卻相當驚人，因為不僅可以與企業底下的百貨、飯店、博物館，甚至公車站做串聯（想想其他公司頂多派個接駁車接送顧客，自己可是建造一條鐵路讓源源不絕的客人自行前來呢！），還可以在設站前購買土地做不動產投資，因此，私鐵企業可說是十足的「斜槓企業」呢！

日本近年來載客量最大的三間私鐵公司（都在東京都）

	行經的代表觀光景點	集團其他副業
東急電鐵	東急百貨、東急電車與巴士博物館、雪印兒童王國牧場、橫濱中華街、戶越公園……等。	機場、不動產、物流運送、觀光休閒（博物館、飯店業）、百貨業、餐飲業……等。
東武鐵道	東武動物公園、東武博物館、東武百貨、鬼怒川溫泉、小江戶川越商店街、晴空塔……等。	住宅不動產、觀光休閒（動物園、博物館、飯店業）、百貨業、客運（巴士、計程車）……等。
小田急電鐵	小田急百貨、江之島、箱根溫泉、伊豆溫泉、小田原城、藤子‧F‧不二雄博物館、鶴卷溫泉……等。	保險業、客運（巴士、計程車）、不動產、觀光休閒（博物館、飯店業、旅行社）、百貨業……等。

由於日本的電車、公車費用相當昂貴，因此幾乎所有的私鐵都有一日券或是觀光套票（如指定路線一日券＋博物館門票），並且都有詳細的觀光規劃導覽。因此未來到日本觀光的時候，不妨選擇同一家「私鐵＋該路線周邊景點」觀光套票，可以節省許多時間與旅費呢。

MEMO

でん わ ちゅう
電話中。

電話中。

學習目標

① 學習使用日語數1～99。

② 學習用日語說出自己的電話號碼、生日與年齡，並能夠詢問對方的資訊。

③ 學習月份、日期的日語。

④ 學習派對等聚會相關的單字。

▶ MP3-24

周さんの 電話番号は 何番ですか。

❀ 単字

❶ でんわばんごう 4 名	電話番号	電話號碼
❷ がくせいばんごう 5 名	学生番号	學號
❸ きょうしつ 0 名	教室	教室
❹ へや 2 名	部屋	房間
❺ ホテル 1 名	hotel（英）	飯店、旅館
❻ レストラン 1 名	restaurant（英）	餐廳
❼ バス 1 名	bus（英）	公車
❽ つぎ 2 名	次	下一個

数字（數字）

0	ゼロ・れい	5	ご	10	じゅう	60	ろくじゅう
1	いち	6	ろく	20	にじゅう	70	ななじゅう
2	に	7	なな・しち	30	さんじゅう	80	はちじゅう
3	さん	8	はち	40	よんじゅう	90	きゅうじゅう
4	よん・し	9	きゅう・く	50	ごじゅう		

❀ 句型 1

～さんの 名詞 は 何番^{なんばん}ですか。

・・・（わたしの 番号^{ばんごう}は） XX-XXXXです。

～先生（小姐）的 名詞 是幾號呢？

…（我的號碼是）XX-XXXX。

・先生^{せんせい}の 電話番号^{でんわばんごう}は 何番^{なんばん}ですか。　　老師的電話號碼是幾號呢？

・周さんの 学生番号^{がくせいばんごう}は 09-46321です。　　周同學的學號是09-46321。

❀ 形の練習 1

A：☐☐☐☐☐ の ☐☐☐☐☐☐☐ は 何番^{なんばん}ですか。
B：☐☐☐☐☐ の ☐☐☐☐☐☐☐ は ☐☐☐☐☐☐☐です。

例 この　バス・番号^{ばんごう}・709

→A：この　バスの　番号^{ばんごう}は　何番^{なんばん}ですか。

　　B：この　バスの　番号^{ばんごう}は　709です。

❶ コンピューター教室^{きょうしつ}・教室番号^{きょうしつばんごう}・315

　→A：_____

　　B：_____

❷ ホテル・部屋番号^{へやばんごう}・1203

　→A：_____

　　B：_____

❸ 鈴木・携帯番号・080-5916-3742

　　→A：_____

　　　B：_____

❹ 郭・学生番号・155123

　　→A：_____

　　　B：_____

🎞️ 文の練習1

例
03-2157-8946

1
HOTEL
03-2157-8946

2
1805

3
2011

例 レストランの　電話番号は　03-2157-8946です。

❶ _____

❷ _____

❸ _____

▶ MP3-25

楊さんの 誕生日は いつですか。

❀ 單字

❶ たんじょうび	3 名	誕生日	生日
❷ パーティー	1 名	party（英）	派對
❸ コンサート	1 名	concert（英）	演唱會、音樂會
❹ アルバイト	3 名	Arbeit（德）	打工
❺ かいぎ	1 名	会議	會議
❻ しゅっちょう	0 名	出張	出差
❼ きゅうりょうび	3 名	給料日	發薪日
❽ けっこんしき	3 名	結婚式	結婚典禮
❾ そつぎょうしき	3 名	卒業式	畢業典禮
❿ りょこう	0 名	旅行	旅行
⓫ なんにち	1 名	何日	幾日
⓬ なんがつ	1 名	何月	幾月
⓭ いつ	1 代名		什麼時候

第5課

🎯 句型2

> 名詞 は　いつですか。　　・・・（名詞 は）　時間です。
>
> 名詞是什麼時候呢？　　　　　…名詞是時間。

・山下さんの　誕生日は　いつですか。　山下先生（小姐）的生日是什麼時候呢？
・パーティーは　9月8日です。　　派對是9月8日。

🎯 形の練習2

> _____ は　いつですか。　_____ は　_____ です。

例 給料日・14日
→A：給料日は　いつですか。　B：給料日は　14日です。

❶ 会議・3月8日

→A：_____

　　B：_____

❷ コンサート・10月30日

→A：_____

　　B：_____

❸ パーティー・11月25日

→A：_____

　　B：_____

❹ 旅行・12月 24日
　りょこう　じゅうにがつにじゅうよっか

　→A：＿＿＿＿＿＿＿＿＿＿＿＿＿＿＿＿＿＿＿＿＿＿＿＿

　　B：＿＿＿＿＿＿＿＿＿＿＿＿＿＿＿＿＿＿＿＿＿＿＿＿

🎞 文の練習2

　　　1　

2　　　　　　　　　　　　3

例 出張・1月18日　→　出張は　1月18日です。
　しゅっちょう　いちがつじゅうはちにち　　　しゅっちょう　いちがつじゅうはちにち

❶ ＿＿＿＿＿＿＿＿＿＿＿＿＿＿＿＿＿＿＿＿＿＿＿＿＿

❷ ＿＿＿＿＿＿＿＿＿＿＿＿＿＿＿＿＿＿＿＿＿＿＿＿＿

❸ ＿＿＿＿＿＿＿＿＿＿＿＿＿＿＿＿＿＿＿＿＿＿＿＿＿

▶ MP3-26

林さんは 何歳ですか。

りん　　　　　　　　なん さい

❀ 單字

❶ ごしゅじん 2 名	ご主人	您的先生（稱呼他人的丈夫）
❷ おくさん 1 名	奥さん	您的太太（稱呼他人的太太）
❸ せんぱい 0 名	先輩	前輩、學長姊
❹ おこさん 0 名	お子さん	您的小孩（稱呼他人的小孩）
❺ むすこさん 0 名	息子さん	令郎
❻ むすめさん 0 名	娘さん	令嬡
❼ おいくつ 0 名	御幾つ	貴庚（「何才」的禮貌型）
❽ なんさい 1 名	何才／何歳	幾歲

❀ 句型₃

> **～さんは　何歳・おいくつですか。・・・（わたしは）　～歳です。**
> なんさい　　　　　　　　　　　　　　　　　　　　　　さい
> ～先生（小姐）是幾歲・貴庚呢？　　　…（我）是～歲。

・林さんは　何歳ですか。　　　　林先生（小姐）是幾歲呢？
　りん　　　　なんさい

・黄さんは　今　３ 5歳です。　　黃先生（小姐）現在是35歲。
　こう　　　　いま　さんじゅうごさい

— 88 —

◉形の練習3

| | は 何歳^{なんさい}ですか。 | | です。 |

何歳ですか。

<small>れい</small> 奥^{おく}さん ・ ４９歳^{よんじゅうきゅうさい}

→A： 奥^{おく}さんは 何歳^{なんさい}ですか。

B： ４９歳^{よんじゅうきゅうさい}です。

1 ご主人^{しゅじん} ・ ３１歳^{さんじゅういっさい}

→A： ＿＿＿＿＿＿＿＿＿＿＿＿＿＿＿＿＿＿＿＿＿

B： ＿＿＿＿＿＿＿＿＿＿＿＿＿＿＿＿＿＿＿＿＿

2 息子^{むすこ}さん ・ １歳^{いっさい}

→A： ＿＿＿＿＿＿＿＿＿＿＿＿＿＿＿＿＿＿＿＿＿

B： ＿＿＿＿＿＿＿＿＿＿＿＿＿＿＿＿＿＿＿＿＿

3 娘^{むすめ}さん ・ １４歳^{じゅうよんさい}

→A： ＿＿＿＿＿＿＿＿＿＿＿＿＿＿＿＿＿＿＿＿＿

B： ＿＿＿＿＿＿＿＿＿＿＿＿＿＿＿＿＿＿＿＿＿

4 先輩^{せんぱい} ・ ２６歳^{にじゅうろくさい}

→A： ＿＿＿＿＿＿＿＿＿＿＿＿＿＿＿＿＿＿＿＿＿

B： ＿＿＿＿＿＿＿＿＿＿＿＿＿＿＿＿＿＿＿＿＿

文の練習3

例

<ruby>彼女<rt>かのじょ</rt></ruby>・<ruby>18歳<rt>じゅうはっさい</rt></ruby>

1

<ruby>息子<rt>むすこ</rt></ruby>・<ruby>32歳<rt>さんじゅうにさい</rt></ruby>

2

<ruby>王<rt>おう</rt></ruby>・<ruby>64歳<rt>ろくじゅうよんさい</rt></ruby>

3

<ruby>彼<rt>かれ</rt></ruby>・<ruby>58歳<rt>ごじゅうはっさい</rt></ruby>

例 <ruby>彼女<rt>かのじょ</rt></ruby>は　<ruby>18歳<rt>じゅうはっさい</rt></ruby>です。

❶ _____

❷ _____

❸ _____

文法

文法1：電話號碼的數字唸法

電話號碼（或其他數字串）中的「-」，讀做「の」。

例 03-4178　（ゼロ　さん　の　よん　いち　なな　はち）

A：「7」可以唸做「しち」或「なな」，兩個唸法都可以。但是7「しち」和1「いち」發音非常像，若是說哪一個比較好，「7」唸「なな」會更不易混淆。

B：「4」可以唸做「よん」或「し」，但是假如是447的話，會變成「し・し・しち」，因為不太好唸，此時讀做「よん・よん・しち」會比較好。

C：在電話號碼以外使用時，「0」不只可以唸成「ゼロ」、「れい」，也有人唸成「まる」，例如401「よん・まる・いち」。

文法2：月份與日期

～月

1月	いちがつ	7月	**しちがつ**
2月	にがつ	8月	はちがつ
3月	さんがつ	9月	**くがつ**
4月	**しがつ**	10月	じゅうがつ
5月	ごがつ	11月	じゅういちがつ
6月	ろくがつ	12月	じゅうにがつ

日期

1日	ついたち	11日	じゅういちにち	21日	にじゅういちにち
2日	ふつか	12日	じゅうににち	22日	にじゅうににち
3日	みっか	13日	じゅうさんにち	23日	にじゅうさんにち
4日	よっか	14日	**じゅうよっか**	24日	**にじゅうよっか**
5日	いつか	15日	じゅうごにち	25日	にじゅうごにち
6日	**むいか**	16日	じゅうろくにち	26日	にじゅうろくにち
7日	**なのか**	17日	じゅうしちにち	27日	にじゅうしちにち
8日	**ようか**	18日	じゅうはちにち	28日	にじゅうはちにち
9日	**ここのか**	19日	**じゅうくにち**	29日	**にじゅうくにち**
10日	**とうか**	20日	**はつか**	30日	さんじゅうにち
				31日	さんじゅういちにち

日期的注意事項：

① 「4日」、「8日」的發音很像。

「4日」：促音「よっか」　　「8日」：長音「ようか」

② 「20日」的唸法不是「にじゅうにち」，而是唸「はつか」，請注意這種特別的唸法。

③ 11日之後，除了「20日」以外，「14日」與「24日」也是特別的唸法，發音分別是「じゅうよっか」與「にじゅうよっか」，這是已經包含了「日」的完整唸法，因此「日」不再額外唸作「にち」，這一點請各位注意。

🎏文法₃：年齢

1歳	**いっさい**	11歳	じゅういっさい
2歳	にさい	12歳	じゅうにさい
3歳	さんさい	13歳	じゅうさんさい
4歳	**よんさい**	14歳	じゅうよんさい
5歳	ごさい	15歳	じゅうごさい
6歳	ろくさい	16歳	じゅうろくさい
7歳	ななさい	17歳	じゅうななさい
8歳	**はっさい**	18歳	じゅうはっさい
9歳	**きゅうさい**	19歳	じゅうきゅうさい
10歳	**じゅっさい・ じっさい**	20歳	**はたち・ にじゅっさい**
30歳	さんじゅっさい	40歳	よんじゅっさい
50歳	ごじゅっさい		

第5課

▶ MP3-27

單字

❶ びょういん ② 名	美容院	美髮店
❷ よやく ⓪ 名	予約	預約
❸ できます ③ 動	出来ます	可、可能
❹ おねがいします ⑥ 動	お願いします	拜託你了
❺ かしこまりました ⑥ 動	畏まりました	了解、遵命

▶ MP3-28

（電話で）

A：こんにちは。ABC美容院です。

B：予約、できますか。

A：はい、いつですか。

B：来月の　4日の　午前　9時で　お願いします。

A：かしこまりました。では、お名前を　お願いします。

B：劉です。

A：電話番号は　何番ですか。

B：０９-６３８-２７５です。

A：えーと、０９-６３８-２７５番ですね。では、5月4日、木曜日、午前　9時の　予約です。

B：ありがとう　ございました。

音読みと訓読み

音讀與訓讀

　　本課教的主題是數字，相信各位讀者已經發現同一種數字，居然有兩種發音，分別是「音讀」與「訓讀」。

　　除了本課學到的日期的一部分是訓讀外，之後會學到的數量詞也全部都是訓讀。因此，相信許多讀者可能有很多疑問，為什麼如此簡單的數字也要分成兩種唸法呢？其實筆者剛開始學日語的時候也有這種疑問，不過當初就只知其然而不知其所以然，也沒有特別去研究為什麼，就只是「背多分」而已。後來到了日本之後，為了更加精進日語，才去研究日本音讀與訓讀的不同。（很遺憾以下內容雖然可以幫助讀者了解為什麼日語發音系統這麼複雜，但是日語檢定考試完・全・不・會・考～）

音讀

　　日本在一千多年前，派遣遣唐使到唐朝學習中國文化與文字。而遣唐使們把唐朝的文字帶回日本後，在原先日語的發音上外加一個新的「破音字發音」，這就是音讀的由來。據考證，唐朝的官方語言是閩南語，也因此日本的音讀發音更接近台語發音。

　　數字1-10的部分是音讀，會説台語或客語的讀者不妨試著比較其與日語的發音，會發現有驚人的相似之處。

訓讀

　　與音讀不同，訓讀的定義，是將日語中原先就有的發音，配上相同意思的漢字所組成。例如：古代日本人原先提到「山」的時候，都會説「やま」（當時還沒有漢字）。後來遣唐使們把「山」的漢字與「さん」的讀音帶回日本後，日本人先將日本讀音「やま」與漢字「山」做結合（訓讀），再把中文發音「さん」訂為「山」的音讀。

　　本課學到的日期中，「1日-10日」、「14日」與「20日」就是這方面的例子。有趣的是除了日語原先的發音之外，近來也有許多外來語有訓讀，例如：麦酒（啤酒，荷蘭語bier），硝子（玻璃，荷蘭語glas）……等。

MEMO

今 午前 １１時です。
いま　ごぜん　じゅういちじ

現在是早上11點。

學習目標

① 學習「～時」、「～分」、「～曜日」。
じ　　　　ふん　　　　ようび

② 學習助詞「と」、「から」、「まで」。

③ 學習名詞的時態「現在式」、「過去式」。

④ 學習寫在建築物和導覽看板上與時間有關的單字。

今　何時ですか。

🎴 單字

1 いま 1 名	今	現在
2 なんじ 1 名	何時	幾點
3 ごぜん 1 名	午前	早上、上午
4 ごご 1 名	午後	下午

「～時」

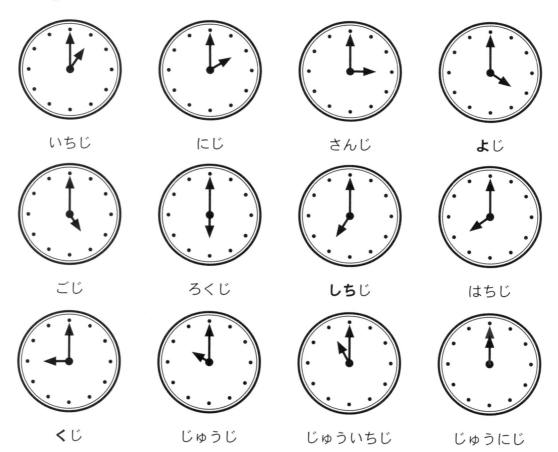

いちじ	にじ	さんじ	よじ
ごじ	ろくじ	しちじ	はちじ
くじ	じゅうじ	じゅういちじ	じゅうにじ

「～分／分」

5分	ごふん	10分	じゅっぷん／じっぷん
15分	じゅうごふん	20分	にじゅっぷん／にじっぷん
25分	にじゅうごふん	30分	さんじゅっぷん／ さんじっぷん＝半
35分	さんじゅうごふん	40分	よんじゅっぷん／よんじぷん
45分	よんじゅうごふん	50分	ごじゅっぷん／ごじっぷん
55分	ごじゅうごふん		

❀ 句型 I

今　何時ですか。　　　　・・・3時です。

現在是幾點呢？　　　　　　…是3點。

・今　5時です。　　　　現在是5點。
・今　9時半です。　　　現在是9點半。

❀形の練習1-1　請看以下時鐘並用平假名寫下時間。

例 　　1 　　2

3　　　　　　　4 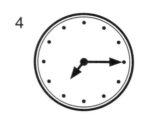　　5

例 さんじ

❶ _____

❷ _____

❸ _____

❹ _____

❺ _____

❀形の練習1-2

例 1：45　→　いちじ　よんじゅうごふん。

❶ 3：30　→　_____

❷ 4：55　→　_____

❸ 7：20　→　_____

❹ 9：15　→　_____

❀文の練習1

今 何時ですか。　　・・・（午前・午後）　[　　　　　]です。

例 今 何時ですか。　　・・・午後　3時です。

❶今 何時ですか。　　・・・_____

❷今 何時ですか。　　・・・_____

❸今 何時ですか。　　・・・_____

❹今 何時ですか。　　・・・_____

休みは 何曜日ですか。

單字

❶ やすみ 3 名	休み	休息日、假日
❷ あした 3 名	明日	明天
❸ なんようび 3 名	何曜日	星期幾
❹ びじゅつかん 2 3 名	美術館	美術館
❺ としょかん 2 名	図書館	圖書館
❻ ぎんこう 0 名	銀行	銀行
❼ しけん 2 名	試験	考試
❽ げつようび 3 名	月曜日	星期一
❾ かようび 2 名	火曜日	星期二
❿ すいようび 3 名	水曜日	星期三
⓫ もくようび 3 名	木曜日	星期四
⓬ きんようび 3 名	金曜日	星期五
⓭ どようび 2 名	土曜日	星期六
⓮ にちようび 3 名	日曜日	星期日

❀ 句型2

休みは　何曜日ですか。　・・・　水曜日です。

休息日是星期幾呢？　　　…是星期三。

・今日は　月曜日です。　　　　　　　　　　今天是星期一。
・銀行の　休みは　土曜日と　日曜日です。　銀行的休息日是星期六和星期日。

❀ 形の練習2

　　　　　　　　　　は　　　　　　　　　　です。

例 休み・水曜日　→　休みは　水曜日です。

❶ 今日・月曜日　→ _____

❷ 試験・木曜日　→ _____

❸ 銀行の　休み・土曜日と　日曜日

　　→ _____

❹ 明日・火曜日　→ _____

❀文の練習2

	は 何曜日（なんようび）ですか。 ・・・	です。

```
      2022

    January

S  M  T  W  T  F  S
                     1
                    休み
2  3  4  5  6  7  8
            今日
9  10 11 12 13 14 15
16 17 18 19 20 21 22
   試験
23 24 25 26 27 28 29
30 31
```

例 今日（きょう）は　何曜日（なんようび）ですか。　　　・・・水曜日（すいようび）です。

❶ 明後日（あさって）は　何曜日（なんようび）ですか。　・・・ _____

❷ 明日（あした）は　何曜日（なんようび）ですか。　　　・・・ _____

❸ 試験（しけん）は　何曜日（なんようび）ですか。　　　・・・ _____

❹ 休（やす）みは　何曜日（なんようび）ですか。　　　・・・ _____

▶ MP3-31

郵便局は 8時から 5時までです。
ゆう びん きょく　　　はち じ　　　　　　 ご じ

🏵 單字

① デパート ② 名	department store（英）	百貨公司
② スーパー ① 名	super market（英）	超級市場
③ びょういん ⓪ 名	病院	醫院
④ えいが ⓪ ① 名	映画	電影
⑤ じゅぎょう ① 名	授業	上課
⑥ しょうテスト ③ 名	小test（英）	小考

🏵 句型3

> **郵便局は 午前 8時から 午後 5時までです。**
> ゆうびんきょく　　 ごぜん　 はちじ　　　　　 ごご　 ごじ
>
> 郵局（的營業時間）是從上午8點到下午5點。

・図書館は 何時から 何時までですか。
　としょかん　　 なんじ　　　 なんじ

　・・・午前 8時から 午後 9時までです。
　　　ごぜん　 はちじ　　　 ごご　 くじ

圖書館是從幾點到幾點呢？…從早上8點到下午9點。

・そちらは 何時から 何時までですか。
　　　　　 なんじ　　　 なんじ

　・・・午前 10時から 午後 6時までです。
　　　ごぜん　 じゅうじ　　　 ごご　 ろくじ

那邊是從幾點到幾點呢？…從早上10點到下午6點。

❀形の練習3

A:		は 何時から 何時までですか。

A: ☐☐☐☐☐ は 何時から 何時までですか。
B: ☐☐☐☐☐ から ☐☐☐☐☐ までです。

例 郵便局・午前 8時・午後 5時

→ A：郵便局は 何時から 何時までですか。
B：午前 8時から 午後 5時までです。

❶ スーパー・午前 9時・午後 9時

→ A：_____

B：_____

❷ 会議・午後 2時・午後 4時

→ A：_____

B：_____

❸ デパート・午前 11時・午後 10時

→ A：_____

B：_____

❹ 授業・午前 8時・午後 5時

→ A：_____

B：_____

🎞 文の練習3

例

am8:00〜pm5:00

1

am10:00〜am12:30

2

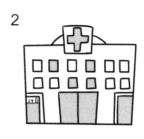

pm2：30〜pm4：20

3

pm3:50〜pm5:30

4

am11:00〜pm10:00

例 A：すみません。郵便局は　何時から　何時までですか。

B：午前　8時から　午後　5時までです。

❶ A：＿＿＿＿＿＿＿＿＿＿＿＿＿＿＿＿＿＿＿＿＿＿＿

B：＿＿＿＿＿＿＿＿＿＿＿＿＿＿＿＿＿＿＿＿＿＿＿

❷ A：＿＿＿＿＿＿＿＿＿＿＿＿＿＿＿＿＿＿＿＿＿＿＿

B：＿＿＿＿＿＿＿＿＿＿＿＿＿＿＿＿＿＿＿＿＿＿＿

❸ A：＿＿＿＿＿＿＿＿＿＿＿＿＿＿＿＿＿＿＿＿＿＿＿

B：＿＿＿＿＿＿＿＿＿＿＿＿＿＿＿＿＿＿＿＿＿＿＿

❹ A：＿＿＿＿＿＿＿＿＿＿＿＿＿＿＿＿＿＿＿＿＿＿＿

B：＿＿＿＿＿＿＿＿＿＿＿＿＿＿＿＿＿＿＿＿＿＿＿

▶ MP3-32

昨日（きのう）　学校（がっこう）は　休（やす）みでした。

◉單字

① むかし ⓪ 名	昔	從前
② おととい ③ 名	一昨日	前天
③ せんげつ ① 名	先月	上個月
④ せんしゅう ⓪ 名	先週	上週
⑤ きょねん ① 名	去年	去年
⑥ ちゅうかんしけん ⑥ 名	中間試験	期中考
⑦ ちち ① ② 名	父	父親（家父）
⑧ はは ① 名	母	母親（家母）
⑨ びょうき ⓪ 名	病気	生病

◉句型4

> **昨日（きのう）　学校（がっこう）は　休（やす）みでした／休（やす）みでは　ありませんでした。**
> 昨天學校休息／沒有休息。

・昨日（きのう）　試験（しけん）では　ありませんでした。　　昨天沒有考試。

・先月（せんげつ）　父（ちち）は　病気（びょうき）でした。　　上個月父親生病了。

◉ 形の練習4

は	でした。
は	では　ありませんでした。

例　学校・休み　→　学校は　休みでした。
　　　　　　　　　→　学校は　休みでは　ありませんでした。

❶ 母・病気　→　_____

　　　　　　　→　_____

❷ 昨日・会議　→　_____

　　　　　　　→　_____

❸ 病院・休み　→　_____

　　　　　　　→　_____

◉ 文の練習4

例　先月・学校・夏休み　→　先月　学校は　夏休みでした。

❶ 先週・大学・中間試験　→　_____

❷ 去年・わたし・二年生　→　_____

❸ おととい・授業・休み　→　_____

❹ 昔・ここ・病院　→　_____

文法

❀ 文法1：時間需要注意的發音

1. 時間的唸法

「4時」、「7時」、「9時」的唸法與其他時間不同，容易唸錯，因此需要特別注意。

「4時」：×**よんじ** ×**しじ** → ○**よじ**

「9時」：×**きゅうじ** → ○**くじ**

「7時」：○**しちじ** △**ななじ**

7也有「しち」、「なな」兩種唸法，但是7點要唸做「しちじ」。但又因為7時（しちじ）和1時（いちじ）很像，為了防止對方聽錯，也有人刻意唸成「ななじ」。

2.「～分」

根據數字的變化，讀音也會不同，請特別注意。

分 ふん	分 ぷん
2分 にふん	**1分 いっぷん**
5分 ごふん	3分 さんぷん
7分 ななふん	4分 よんぷん
9分 きゅうふん	**6分 ろっぷん**
	8分 はっぷん
	10分 じゅっぷん・じっぷん
	何分 なんぷん

🎴 文法2：助詞「と」

名詞並列時，用「と」連接。請注意！只能用在名詞＋名詞的時候。在中文中是「名詞 和 名詞」的意思。

名詞 と 名詞

🎴 文法3：「から～まで」

「から」、「まで」是説明時間（期間）起點與終點的助詞。

「から」是指時間（期間）的起點，中文意思是「從～開始」；「まで」是指時間（期間）的終點，中文意思是「到～為止」。

像「～から～まで」這樣一起用也可以，單獨使用也可以。

例 デパートは　午前　10時 **から** です。　　百貨公司從早上10點開始（營業）。

デパートは　午後　9時半 **まで** です。　　百貨公司開到晚上9點半為止。

デパートは　午前　10時 **から**　午後　9時半 **まで** です。

百貨公司從早上10點開到晚上9點半為止。

🎴 文法4：名詞的時態

現在式		過去式	
肯定	否定	肯定	否定
～です	～では　ありません	～でした	～では　ありませんでした

＊把「では」置換成「じゃ」也可以，但「では」為比「じゃ」更禮貌的説法。

現在式	肯定：病気です。	生病。
	否定：病気では（じゃ）　ありません。	沒有生病。
過去式	肯定：病気でした。	生病了。
	否定：病気では（じゃ）　ありませんでした。	（之前）沒有生病。

— 111 —

▶ MP3-33

☷ 單字

❶ えっと ⓪ 間投 　嗯……

（思考時的語助詞）

❷ どうも ① 副 　謝謝

❸ さくら ⓪ 名 　桜 　櫻花

❹ じむしょ ② 名 　事務所 　事務所、辦公室

❺ もしもし ① 感 　喂（電話開頭用語）

❻ それから ⓪ 接 　然後

❼ だけ ⓪ 副助 　只有

❽ から ① 格助 　從……之後

❾ だいじょうぶ ③ 名 　大丈夫 　沒問題

❿ わかりました ④ 動 　分かりました 　我知道了

（バス停で）

A：あのう、すみません。今　何時ですか。

B：えっと、今　9時25分ですよ。

A：9時25分ですか。どうも。

（ケータイで）

A：はい、もしもし　桜事務所です。

B：あのう、そちらは　何時から　何時までですか。

A：午前　9時から　午後　4時までです。

B：そうですか。それから、休みは　何曜日ですか。

A：日曜日だけですよ。

B：じゃ、今日は　土曜日ですから、大丈夫ですね。ありがとう
　　ございました。

日本の祝日
<small>にほん　しゅくじつ</small>

日本的國定假日

　　相信許多喜歡日本文化的讀者都知道日本的國定假日是有名的多，而且有各式各樣的名堂。當然這跟日本還保有天皇制度有關，畢竟整個皇室也貢獻了好幾天的假期。除此之外，還有一個都市傳說，在昭和時代後期泡沫經濟的時候，各行各業都高度成長，上班族們也都拚命地加班，當時的口號甚至出現了24小時連續工作，當然也造成了很多過勞的情況。當時的上班族即使有再多的有薪休假，也會因為責任感而不敢請假（即便大部分的公司都鼓勵放有薪休假），因此才會廣設國定假日，讓大家可以堂堂正正地休息。

國定假日	日期		意義
元日	1月1日		慶祝新的一年的到來
成人之日	1月第2個星期一		慶祝青年蛻變為有自省能力的成年人
建國紀念之日	2月11日		慶祝建國並增進愛國心
天皇誕生日	2月23日		慶祝天皇生日
春分之日	春分日（3/19-22其中一天）		慶祝大自然的復甦，以及萬物的重新生長
昭和之日	4月29日	黃金週連假	回顧動亂的昭和時代，並眺望未來
憲法紀念日	5月3日		慶祝國家憲法的實行日
綠之日	5月4日		感謝大自然的恩惠，並使心靈富足
兒童之日	5月5日		重視兒童的人格，並在慶祝兒童節時感謝母親們的辛勞
海之日	7月第3個星期一		感謝海洋恩賜的同時，為日本這個海島國家發展獻上祝福

山之日	8月11日		更加親近山林，感謝山林給予的恩惠
敬老之日	9月第3個星期一	白銀週連假（不定期）	感謝老年人過去的付出，並祝之長壽
秋分之日	秋分日（9/22-24其中一天）		感懷祖先，慎終追遠
體育之日	10月第2個星期一		了解運動的樂趣，培養尊重他人之精神，推動健康有活力的社會
文化之日	11月3日		熱愛自由與和平，並推展文化
勤勞感謝之日	11月23日		感謝每日辛勞的國民

振替休日（補休）：國定假日如果恰逢星期天，則在隔天的星期一補休一天。

国民の休日（彈性休假）：兩個國定假日的中間如果間隔一天平日，該平日會變成「国民の休日」。

　　當中4月底5月初的黃金週連假是每年都會有的。而9月底的白銀週連假則是要看當年的日期，平均5-7年會有一次4-5天連假。

　　此外，跟日本比較不一樣的是，在台灣有一個小確幸就是颱風假，無論是颱風或是水災，災情嚴重時常常會停班停課。而日本是沒有颱風假等天災假日的，當颱風或是暴雪來的時候，意味著你必須要更早出門才能夠準時上班。

MEMO

台湾は　素敵な　国ですね。

たいわん　すてき　くに

台灣是很棒的國家呢。

學習目標

① 學習分類「い形容詞」與「な形容詞」。

② 學習形容詞現在式的「肯定」與「否定」。

③ 學習使用形容詞修飾名詞。

④ 學習在介紹台灣時會用到的單字。

▶ MP3-35

台湾は　小さいです。
（たいわん）　（ちい）

🌼 單字

❶ いちまるいちビル 2 名	101building（英）	101大樓
❷ こうつう 0 名	交通	交通
❸ あしつぼマッサージ 7 名	足つぼmassage（英）	腳底按摩
❹ たべもの 2 3 名	食べ物	食物
❺ ちいさい 3 い形	小さい	小的
❻ あまい 0 い形	甘い	甜的
❼ おいしい 0 3 い形	美味しい	好吃的
❽ あつい 2 い形	暑い／熱い	熱的／燙的
❾ いたい 2 い形	痛い	痛的
❿ たかい 2 い形	高い	高的、貴的
⓫ やすい 2 い形	安い	便宜的
⓬ げんき 1 な形	元気	健康
⓭ べんり 1 な形	便利	便利、方便

❀ 句型 I

名詞 は い形容詞 です。
名詞 は な形容詞 です。

名詞 很 い形容詞 。
名詞 很 な形容詞 。

・台湾は　小さいです。　　　　台灣很小。

・交通は　便利です。　　　　　交通很便利。

❀ 形の練習 I

　　　　　　　　　は　　　　　　　　　です。

例　台湾の　マンゴー・安い　→　台湾の　マンゴーは　安いです。

❶ 交通・便利　　　　　　　→ _____

❷ 食べ物・おいしい　　　　→ _____

❸ マンゴー・甘い　　　　　→ _____

❹ 101ビル・高い　　　　　→ _____

❺ 台湾・暑い　　　　　　　→ _____

⊛文の練習１

1

2

3

例 <ruby>台湾<rt>たいわん</rt></ruby>は　<ruby>小<rt>ちい</rt></ruby>さいです。

❶ _____

❷ _____

❸ _____

▶ MP3-36

この お寺は 新しく ないです。

🈺單字

① ちゅうごくご	0	名	中国語	中文
② まち	2	名	町	城鎮
③ みち	0	名	道	街道
④ ふゆ	2	名	冬	冬天
⑤ おてら	0	名	お寺	寺廟
⑥ くうき	1	名	空気	空氣
⑦ ひろい	2	い形	広い	寛廣的
⑧ せまい	2	い形	狭い	狹窄的
⑨ さむい	2	い形	寒い	寒冷的
⑩ つめたい	0	い形	冷たい	冰冷的
⑪ あたらしい	4	い形	新しい	新的
⑫ しずか	1	な形	静か	安靜
⑬ かんたん	0	な形	簡単	簡單
⑭ しんせつ	1	な形	親切	親切
⑮ おおい	1	い形	多い	多的
⑯ きれい	1	な形		漂亮、乾淨

❀ 句型2

> 名詞 は い形容詞い く　ないです。
> 名詞 は な形容詞 では（じゃ）　ありません。
> 名詞 不 い形容詞 。
> 名詞 不 な形容詞 。

・この　お寺は　新しく　ないです。　　　　　　　　這座廟不新。

・この　ホテルは　きれいでは　ありませんでした。　這間飯店不整潔。

❀ 形の練習2

> ☐☐☐☐☐☐☐ は ☐☐☐☐☐☐☐ く　ないです。

例 この　教室・広い　→　この　教室は　広く　ないです。

❶ 台湾大学・狭い　　→　_____

❷ 台湾の　冬・寒い　→　_____

❸ 水・冷たい　　　　→　_____

> ☐☐☐☐☐☐☐ は ☐☐☐☐☐☐☐ じゃ　ありません。

例 彼女・親切　→　彼女は　親切じゃ　ありません。

❹ 町・静か　　→　_____

❺ 空気・きれい　→　_____

❻ 中国語・簡単　→　_____

✿ 文の練習2

例

この　町

1

この　医者

2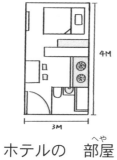

ホテルの　部屋

3

この　お寺

例 この　町は　きれいじゃ　ありません。

❶ _____

❷ _____

❸ _____

(▶) MP3-37

台湾人は　親切ですか。

たいわんじん　　しんせつ

🏵 單字

❶ ぎゅうにくめん 5 名	牛肉麺	牛肉麵
❷ しゅうどうふ 3 名	臭豆腐	臭豆腐
❸ ひとりたび 3 名	一人旅	單人旅行
❹ でんしゃ 0 名	電車	電車
❺ てんき 1 名	天気	天氣
❻ きたない 3 い形	汚い	骯髒的
❼ ふるい 2 い形	古い	舊的
❽ くさい 2 い形	臭い	臭的
❾ たいへん 0 な形	大変	困難、辛苦
❿ ふくざつ 0 名	複雑	複雜

❀ 句型 3

名詞 は 形容詞 ですか。
・・・はい、 い／な形容詞 です。
・・・いいえ、 い形容詞 く ないです。
な形容詞 では（じゃ） ありません。

名詞 很 形容詞 嗎？
…是的，很 い／な形容詞 。
…不，不 い形容詞 。
…不，不 な形容詞 。
＊「 な形容詞 じゃ ありません」為口語用法。

・台湾人は 親切ですか。　　・・・はい、親切です。
　台灣人很親切嗎？　　　　　…是的，很親切。
・ホテルは 古いですか。　　・・・いいえ、古く ないです。
　飯店很舊嗎？　　　　　　　…不是的，不舊。

❀ 形の練習 3

例 明日・天気・いい・はい
　　→　A：明日　天気は　いいですか。　B：はい、いいです。

❶ 一人旅・大変・はい　　→　A：_____　B：_____

❷ トイレ・汚い・いいえ　→　A：_____　B：_____

❸ 牛肉麺・辛い・いいえ　→　A：_____　B：_____

❹ 臭豆腐・臭い・はい　　→　A：_____　B：_____

❺ ホテル・古い・いいえ　→　A：_____　B：_____

🎬 文の練習3

例

1

2

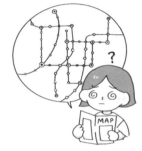

3

例 その　トイレは　臭_{くさ}いですか。　→　<u>いいえ、臭_{くさ}く　ないです。</u>

❶ 天気_{てんき}は　いいですか。　　　→ _____

❷ 電車_{でんしゃ}は　複雑_{ふくざつ}ですか。　　→ _____

❸ 日曜日_{にちようび}　人_{ひと}は　多_{おお}いですか。　→ _____

台湾は　暑い　国です。

⊛單字

❶ ねこ 1 名	猫	貓
❷ こうえん 0 名	公園	公園
❸ おもしろい 4 い形	面白い	有趣的
❹ にぎやか 2 な形	賑やか	熱鬧
❺ ひと 0 名	人	人
❻ ところ 3 名	所	場所、地方

⊛句型4

い形容詞	＋	名詞	い形容詞 的 名詞
な形容詞 な	＋	名詞	な形容詞（的）名詞

・台湾は　面白い　国です。　　　　　台灣是有趣的國家。

・ここは　にぎやかな　所です。　　　這裡是熱鬧的地方。

⊛形の練習4

い／な形容詞	＋	名詞

例 赤い　＋　りんご　→　赤い　りんご

❶ きれい ＋ 部屋 → _____

❷ 有名 ＋ 所 → _____

❸ 面白い ＋ 人 → _____

❹ にぎやか ＋ 町 → _____

❺ 冷たい ＋ 水 → _____

❻ 広い ＋ 公園 → _____

❼ 元気 ＋ 猫 → _____

🌀 文の練習4

例

1

2

3

例 古い 時計

❶ _____

❷ _____

❸ _____

文法

❂ 文法 I：形容詞的分類

常用於修飾名詞，例如：「高い　車」（貴的車），或作為名詞的敘述語，例如「私の　髪は　長いです。」（我的頭髮很長。）。

分類（い形容詞・な形容詞）

日語的形容詞分為「い形容詞」跟「な形容詞」兩種。

- **い形容詞**：單字的最後一個假名是以「い」結尾，例如「安い」（便宜的）、「高い」（高的、貴的）。

- **な形容詞**：單字的結尾不是以「い」結尾，例如「簡単」（簡單）、「親切」（親切）。不過也有例外，例如：「きれい」（乾淨）、「きらい」（討厭）、「ゆうめい」（有名）等等，它們的語尾雖然是「い」，但卻屬於「な形容詞」，要特別注意。此外，「な形容詞」大多由兩個漢字所組成，或外來語「ハンサム」（英俊）、「ラッキー」（幸運）等片假名所組成。

❂ 文法 2：形容詞的現在肯定形、否定形

現在肯定形		現在否定形	
い形容詞	**な形容詞**	**い形容詞**	**な形容詞**
〜です	〜です	〜く　ないです	〜では（じゃ）　ありません
寒いです	静かです	寒く　ないです	静かでは（じゃ）　ありません
いいです		よく　ないです	

「い形容詞」、「な形容詞」、「名詞」在修飾名詞時，用法如下：

い形容詞＋名詞：〜い　名詞，例如：「長い　髪」（長頭髮）。

な形容詞＋名詞：〜な　名詞，例如：「きれいな　部屋」（乾淨的房間）。

名詞＋名詞：　　〜の　名詞，例如：「会社の　人」（公司的人）。

MP3-39

單字

① しょうろんぽう 3 名	小籠包	小籠包
② タピオカミルクティー 7 名	tapioca milk tea（英）	珍珠奶茶
③ パイナップルケーキ 7 名	pineapple cake（英）	鳳梨酥
④ さんばい 0 名	三倍	三倍
⑤ ぐらい 1 副助	位	大約
⑥ ねだん 0 名	値段	價格
⑦ よいち 1 名	夜市	夜市
⑧ やけい 0 名	夜景	夜景
⑨ たのしい 3 い形	楽しい	愉快的、開心的
⑩ 〜とか〜（とか） 1 副助		……啦……啦
⑪ ところで 3 接続		順帶一提
⑫ でも 1 接続		但是
⑬ かんこうします 6 動	観光します	觀光
⑭ きゅうふん 1 名	九份	九份

A：台湾は　牛肉麺とか　小籠包とか、食べ物が　おいしいです

ね。

B：パイナップルケーキや　タピオカミルクティーは　日本でも

有名ですよね。

A：でも、日本の　タピオカミルクティーは　安く　ないです。

台湾の　三倍ぐらいの　値段ですよ。台湾のは　安いです

ね。

B：ところで、観光は　楽しいですか。

A：はい。101ビルや　九份は　素敵な　ところですね。

B：夜は　夜景も　きれいですよ。それから、夜市も　楽しいで

す。

A：そうですか。台湾は　素敵な　国ですね。

第7課

日本文化コラム

ワーキングホリデー制度I

打工度假制度I

　　近年來，台灣人到世界各國打工度假的風氣越來越盛行，而日本一直是當中最受歡迎的選項。對於許多日語的學習者而言，到日本打工度假，是在日語學習到一個段落之後，可以實際運用日語並體驗日本的工作職場文化，而且還能夠一邊觀光旅行的一石三鳥的好方法。最近由於制度的改變，也讓打工度假名額大幅增加，對於還未滿30歲的讀者們，這是一條值得考慮的制度。

　　由於這是比較熱門的話題，筆者打算用兩課來說明到日本打工度假的前置作業，與到當地之後的生活與旅行。

1. 日語能力

　　比起在旅遊還能夠用手指著書、或是用App翻譯來溝通，實際上如果只能用比手畫腳或是英文來溝通的話，會給找工作帶來很多阻力。不過也不需要為了在日本打工而去準備日語檢定，因為比起日語檢定，是否能實際應用日語更為重要。無論如何，如果希望到日本打工，筆者認為至少要具備學習完本書的日語能力比較好。（只是最低門檻）

2. 租屋處

　　這點很重要，因此特別獨立出來說明。雖然許多打工的地方，如飯店、民宿業都有提供住宿，但如果沒有打算在這個領域打工，建議先找好租屋處再出發。因為在日本租屋不比台灣，大部分都需要保證人或保證公司（付錢請公司來保證你不會跑掉，幫房東買保險的概念）。此外，房東也大都不願意租給短期停留的外國人。但是在不可能長時間負擔飯店住宿費的情況下，甚至真的有人去住「漫画喫茶」（網咖）……。因此，筆者認為打工度假的過程中，食衣住行育樂中的「住」的部分，真的是最難克服的問題。

3. 其他

　　除了上述兩點以及錢（建議至少準備20萬日圓，讓你可以隨時回家）與年齡限制（30歲以下）外，請一定要取得家人支持。因為一個人到國外真的需要後援，無論是小到寄送家鄉味食物（有時候真的會嘴饞……）和日語參考書，大到生活費的支援等都需要家人幫忙。因此，雖然許多人希望可以訓練獨立生活，但有後援終究比較安心。

MEMO

わたしは　ダンスが　好^すきです。

我喜歡跳舞。

學習目標

① 學習使用「好^すき」、「嫌^{きら}い」等的喜好表現。

② 學習表示程度的副詞「とても」、「あまり」。

③ 學習助詞「が」。

④ 學習表達喜好的時候會用到的相關單字。

第8課-1

▶ MP3-41

（わたしは）　ダンスが　好^すきです。

◉ 單字

① すき ② な形	好き	喜歡
② きらい ⓪ な形	嫌い	討厭
③ ダンス ① 名	dance（英）	跳舞
④ どうぶつ ⓪ 名	動物	動物
⑤ りょうり ① 名	料理	烹飪
⑥ まんが ⓪ 名	漫画	漫畫
⑦ おんがく ① 名	音楽	音樂
⑧ うた ② 名	歌	歌曲

◉ 句型 I

> （わたしは）　名詞　が　好^すき／嫌^{きら}いです。
>
> （我）喜歡／討厭 名詞 。

- （わたしは）　料理^{りょうり}が　好^すきです。 　　（我）喜歡烹飪。
- （わたしは）　勉強^{べんきょう}が　嫌^{きら}いです。 　　（我）討厭唸書。

❀形の練習Ⅰ

| | は | | が | | です。 |

例 陳・料理・好き → 陳さんは　料理が　好きです。

❶ 王・漫画・好き →　_____

❷ 袁・料理・嫌い →　_____

❸ 何・歌・好き →　_____

❹ 劉・ダンス・嫌い →　_____

❺ 呉・動物・好き →　_____

第8課

❀ 文の練習 1

┌──────────┐ は ┌──────────┐ が 好きです / 嫌いです。
└──────────┘   └──────────┘   す   きら

例

☺

1

☹

2

☺

陳
ちん

呂
ろ

蘇
そ

3

☺

4

☹

5

☺

官
かん

林
りん

洪
こう

例 陳さんは 料理が 好きです。
  ちん   りょうり   す

❶ _____

❷ _____

❸ _____

❹ _____

❺ _____

MP3-42

陳さんは　刺身が　好きですか。
（ちん）（さしみ）（す）

單字

① おんせん ⓪ 名	温泉	溫泉
② やまのぼり ③ 名	山登り	爬山
③ おさけ ⓪ 名	お酒	酒
④ たべあるき ⓪ 名	食べ歩き	遍嚐美食
⑤ つり ⓪ 名	釣り	釣魚
⑥ うらない ⓪ 名	占い	算命
⑦ アニメ ⓪ ① 名	animation（英）	動畫
⑧ マージャン ⓪ 名	麻雀	麻將
⑨ ドライブ ② 名	drive（英）	開車兜風
⑩ なっとう ③ 名	納豆	納豆

句型2

> 名詞1 は　名詞2 が　好きですか。
> （す）
>
> 名詞1 喜歡 名詞2 嗎？

・郭さんは　日本料理が　好きですか。　・・・はい、好きです。
（かく）（にほんりょうり）（す）　　　　　　　　　　　　　　　（す）

郭先生喜歡日本料理嗎？　　　　　　　　　　　　…是的，喜歡。

・鈴木さんは　納豆が　好きですか。・・・いいえ、好きじゃ　ありません。
（すずき）（なっとう）（す）

鈴木小姐喜歡納豆嗎？　　　　　　　　　　…不，不喜歡。

🎯 形の練習2

A：⬚⬚⬚⬚⬚⬚は ⬚⬚⬚⬚⬚⬚が 好_すきですか。

B：はい、好_すきです。／いいえ、好_すきじゃ ありません。

例 陳_{ちん}・歌_{うた}・はい

→ A：陳_{ちん}さんは 歌_{うた}が 好_すきですか。　　B：はい、好_すきです。

❶ 林_{りん}・お酒_{さけ}・はい

→ A：_____　　B：_____

❷ 宋_{そう}・釣_つり・いいえ

→ A：_____　　B：_____

❸ 余_よ・温泉_{おんせん}・はい

→ A：_____　　B：_____

❹ 湯_{とう}・占_{うらな}い・いいえ

→ A：_____　　B：_____

❀文の練習2

A： □□□□□ は □□□□□ が 好<su>す</su>きですか。

B：はい、好<su>す</su>きです。／いいえ、好<su>す</su>きじゃ ありません。

例 ○ 陳<su>ちん</su>

1 ✕ 郭<su>かく</su>

2 ○ 蔡<su>さい</su>

3 ○ 林<su>りん</su>

4 ✕ 王<su>おう</su>

例 A：陳<su>ちん</su>さんは 刺身<su>さしみ</su>が 好<su>す</su>きですか。

B：はい、好<su>す</su>きです。

❶ A：_____

B：_____

❷ A：_____

B：_____

❸ A：_____

B：_____

❹ A：_____

B：_____

▶ MP3-43

林さんは 歌が とても 好きです。

🌸單字

❶ とても	0	副		非常地
❷ あまり	0	副		不太
❸ いぬ	2	名	犬	狗
❹ あまい もの	0	名	甘い 物	甜食
❺ ショッピング	1	名	shopping（英）	購物
❻ ゲーム	1	名	game（英）	遊戲

🌸句型3

> 名詞1 は 名詞2 が とても 好きです。
> 名詞1 は 名詞2 が あまり 好きじゃ ありません。
> 名詞1 非常喜歡 名詞2 。
> 名詞1 不太喜歡 名詞2 。

・わたしは 刺身が あまり 好きじゃ ありません。
　（我）不太喜歡生魚片。

・わたしは 日本の 漫画が とても 好きです。
　（我）非常喜歡日本的漫畫。

❂形の練習3

文型3ー1

　　　┌─────────┐　は　┌─────────┐　が　とても　好<ruby>す</ruby>きです。

例　林<ruby>りん</ruby>・歌<ruby>うた</ruby>　　　　　→　林さんは　歌が　とても　好きです。

❶　呂<ruby>ろ</ruby>・犬<ruby>いぬ</ruby>　　　　　→　_____

❷　蘇<ruby>そ</ruby>・旅行<ruby>りょこう</ruby>　　　→　_____

❸　石<ruby>せき</ruby>・ショッピング →　_____

❹　李<ruby>り</ruby>・甘<ruby>あま</ruby>い　もの　→　_____

文型3ー2

　　　┌───────┐　は　┌───────┐　が　あまり　好<ruby>す</ruby>きじゃ　ありません。

例　林<ruby>りん</ruby>・歌<ruby>うた</ruby>　　　　　→　林さんは　歌が　あまり　好きじゃ　ありません。

❶　胡<ruby>こ</ruby>・猫<ruby>ねこ</ruby>　　　　　→　_____

❷　頼<ruby>らい</ruby>・ゲーム　　　　→　_____

❸　洪<ruby>こう</ruby>・甘<ruby>あま</ruby>い　もの →　_____

❹　陳<ruby>ちん</ruby>・犬<ruby>いぬ</ruby>　　　　　→　_____

文の練習3

例

陳（ちん）
とても

1 林（りん）
あまり

2 呂（ろ）
あまり

3 蘇（そ）
とても

4 郭（かく）
とても

例 A：陳さんは　歌が　好きですか。　　B：はい、とても　好きです。

❶ A：＿＿＿＿＿＿＿＿＿＿＿＿＿＿＿＿＿＿＿＿＿＿＿＿＿

　 B：＿＿＿＿＿＿＿＿＿＿＿＿＿＿＿＿＿＿＿＿＿＿＿＿＿

❷ A：＿＿＿＿＿＿＿＿＿＿＿＿＿＿＿＿＿＿＿＿＿＿＿＿＿

　 B：＿＿＿＿＿＿＿＿＿＿＿＿＿＿＿＿＿＿＿＿＿＿＿＿＿

❸ A：＿＿＿＿＿＿＿＿＿＿＿＿＿＿＿＿＿＿＿＿＿＿＿＿＿

　 B：＿＿＿＿＿＿＿＿＿＿＿＿＿＿＿＿＿＿＿＿＿＿＿＿＿

❹ A：＿＿＿＿＿＿＿＿＿＿＿＿＿＿＿＿＿＿＿＿＿＿＿＿＿

　 B：＿＿＿＿＿＿＿＿＿＿＿＿＿＿＿＿＿＿＿＿＿＿＿＿＿

文法

❀ 文法１：「～は～が（好き、嫌い）です」

| 名詞1 |は　| 名詞2 |が　| 好き／嫌い |です。

名詞1：感覺喜歡或討厭的主體。

名詞2：被喜歡或被討厭的對象。

　　「好き」、「嫌い」前面的助詞用「が」，而「が」前面的名詞會成為主語，文章的主題則是用助詞「は」來表示。

　　再者，「好き」、「嫌い」都是「な形容詞」，否定形是「～では（じゃ）　ありません」（「じゃ」是口語）。這當中特別需要注意的是「嫌い」，因為它很容易跟「い形容詞」混在一起。

　　「～嫌いです」（討厭～）的否定形「～嫌いじゃ　ありません」（不討厭～）是表示雖然無法明確表示喜歡，但是也表明並不討厭的表示手法（也含有不很喜歡的意思）。

例 わたしは　納豆が　嫌いでは　ありません。 我不討厭納豆。

❀ 文法２：詢問嗜好的疑問句

　　想要表達「～が　好きですか」、「～が　嫌いですか」的否定形時，可以使用否定回答，也可以視表達內容直接用「嫌い」、「好き」回答。

例1 陳さんは　納豆が　好きですか。　　　　陳先生（小姐）喜歡納豆嗎？

　　いいえ、好きじゃ　ありません　　　　不，（我）不喜歡。

　　いいえ、嫌いです。　　　　　　　　不，（我）討厭。

例2 陳さんは　納豆が　嫌いですか。　　　　　陳先生（小姐）討厭納豆嗎？

いいえ、嫌いじゃ　ありません。　　　　不，（我）不討厭。

いいえ、好きです。　　　　　　　　　　不，（我）喜歡。

☸ 文法3：副詞（とても、あまり）

　　表示程度的副詞。「とても」表示程度很高，後面接肯定形，中文翻譯成「非常」。而「あまり」則表示程度較低，後面接否定形，中文翻譯成「不太～」。

例 陳さんは　日本料理が　とても　好きです。

陳先生（小姐）非常喜歡日本料理。

わたしは　中国料理が　あまり　好きでは　ありません。

我不太喜歡中國料理。

會話

▶ MP3-44

◉ 單字

1 いかがですか ② 疑　　　如何ですか　　　怎麼樣？（禮貌型）

2 におい ② 名　　　臭い　　　氣味

▶ MP3-45

> 陳　　：これは　何ですか。
>
> 田中：これは　納豆です。日本の　食べ物ですよ。
>
> 陳　　：おいしいですか。
>
> 田中：ええ、わたしは、納豆が　とても　好きです。陳さんも
> 　　　　いかがですか。
>
> 陳　　：ありがとう　ございます。（試食中）うっ……。
>
> 田中：いかがですか。
>
> 陳　　：あっ、あまり……。臭いが　ちょっと……。

第 8 課

ワーキングホリデー制度II

打工度假制度II

　　上一篇説到打工度假的行前準備，本篇繼續介紹實際來到日本之後，可以選擇的職業與領域類別。

　　除了行前準備與預計到哪裡玩之外，打工度假最重要的環節，大概就是找一份適當的工作，而這份工作既可以維持生計、體驗日本就業工作精神，並可以支持探索日本與旅行期間的費用。

　　在此筆者列出三大領域的就業方針來做討論。希望讀者可以比較三個領域的門檻與優缺點，並選擇最適合自己的工作。

1. 觀光旅行事業（日文門檻「中」／薪情「高」／周邊福利「高」）

　　觀光旅行業一直都是打工度假的首選，包括飯店、民宿或遊樂園等。不但薪水相對較高，周邊福利也不少，例如：免費的住宿、免費的員工餐、關係企業的員工優惠等。此外，由於觀光業常常要接待世界各國的客人，雇用同時懂日語和外語的外國人來對應，會讓客人有較好的旅遊體驗，因此釋放出的職缺也會比較多。

2. 生活民生事業（日文門檻「高」／薪情「低」／周邊福利「中」）

　　生活民生業如便利商店、超市或速食店的打工等，都需要稍微高的日文門檻。因為不只是在公司內部，還需要與日本人直接溝通。好處是工作穩定，且常常有些即期品可以帶回家。雖然因為條件門檻低所以時薪偏低，但是或許是磨練日文的好地方。此外由於日本各個地方都有這樣的工作需求，且工作內容與台灣大同小異，因此也是第一份打工的首選。

3. 製造業／食品業（日文門檻「低」／薪情「中」／周邊福利「低」）

　　如果赴日打工度假主要目的是賺人生第一桶金的話，建議可以選擇製造業或食品業工廠。去工廠應徵的話，基本上不太需要日文門檻，薪水雖然只是中等，但是由於沒有時間花錢，反而會存到最多的錢。但也由於是工廠，工作相對單調，與日本人交流的機會也相對少，因此有雄心壯志、想要玩遍整個日本者，就不太適合了。

日本は 安全です。
そして、きれいです。

にほん　　あんぜん

日本很安全。而且，很乾淨。

學習目標

① 學習形容詞的「過去肯定形」、「過去否定形」

② 學習疑問詞「どんな」、「どう」。

③ 學習連接詞：逆接「が」、順接「そして」。

④ 學習日本旅行會用到的單字。

第9課-1

▶ MP3-46

スカイツリーは　高かったです。

🎛 單字

① スカイツリー 5 名	SKYTREE（英）	晴空塔
② ふじさん 1 名	富士山	富士山
③ かぶき 0 名	歌舞伎	歌舞伎
④ ゆきまつり 3 名	雪まつり	雪祭
⑤ いけばな 2 名	生け花	插花、花道
⑥ にもつ 1 名	荷物	行李
⑦ うけつけ 0 名	受付	櫃臺
⑧ チケット 1 2 名	ticket（英）	票
⑨ おもい 0 い形	重い	重的
⑩ つまらない 3 い形		無聊的
⑪ ひま 0 な形	暇	閒暇
⑫ ハンサム 1 な形	handsome（英）	帥氣

❀句型 I

名詞 は　　い形容詞いい かったです。
名詞 は　　な形容詞 でした。
名詞 很 い形容詞 。（包含説者感想）
名詞 很 な形容詞 。（包含説者感想）

・スカイツリーは　高かったです。　　　　晴空塔很高。

・富士山は　きれいでした。　　　　　　　富士山很漂亮。

❀形の練習 I

　　　　　　　　　　は　とても　　　　　　　　　　かったです。

例 スカイツリー・とても　高い

　　→　スカイツリーは　とても　高かったです。

❶歌舞伎・とても　つまらない

　　→ _____

❷九份・とても　面白い

　　→ _____

❸生け花・とても　難しい

　　→ _____

　　　　　　　　　　 は 　　　　　　　　 でした。

例 富士山(ふじさん)・きれい　→　富士山(ふじさん)は　きれいでした。

❹ 昨日(きのう)・暇(ひま)　　　→　＿＿＿＿＿＿＿＿＿＿＿＿＿＿＿＿＿＿

❺ 雪(ゆき)まつり・とても　にぎやか

　→　＿＿＿＿＿＿＿＿＿＿＿＿＿＿＿＿＿＿＿＿＿＿＿

❻ 東京(とうきょう)の　電車(でんしゃ)・とても　複雑(ふくざつ)

　→　＿＿＿＿＿＿＿＿＿＿＿＿＿＿＿＿＿＿＿＿＿＿＿

✿文の練習Ⅰ

例

1
¥100,000

2
20kG

3

例 富士山(ふじさん)は　きれいでした。

❶ ＿＿＿＿＿＿＿＿＿＿＿＿＿＿＿＿＿＿＿＿＿＿＿＿＿＿

❷ ＿＿＿＿＿＿＿＿＿＿＿＿＿＿＿＿＿＿＿＿＿＿＿＿＿＿

❸ ＿＿＿＿＿＿＿＿＿＿＿＿＿＿＿＿＿＿＿＿＿＿＿＿＿＿

MP3-47

日本料理は 辛く なかったです。

單字

1 さかな 0 名	魚	魚
2 あじ 0 名	味	口味
3 うめ 0 名	梅	梅子
4 もりつけ 0 名	盛り付け	擺盤
5 かに 0 名	蟹	螃蟹
6 けさ 1 名	今朝	今天早上
7 わさび 1 名	山葵	芥末
8 さどう 1 名	茶道	茶道
9 あたたかい 4 い形	温かい／暖かい	溫暖的（物品／天氣）
10 からい 2 い形	辛い	辣的
11 すっぱい 3 い形	酸っぱい	酸的
12 しんせん 0 な形	新鮮	新鮮
13 ぜんぜん 0 副	全然	完全（不）（後接否定）

⊛句型2

> 名詞 は　い形容詞 い く　なかったです。
> 名詞 は　な形容詞 では　ありませんでした。
> 名詞 不 い形容詞 。
> 名詞 不 な形容詞 。

- 昨日の　夜は　あまり　暑く　なかったです。　　　昨天晚上不太熱。
- 魚は　新鮮では　ありませんでした。　　　魚不新鮮。

⊛形の練習2

> ☐☐☐☐☐ は ☐☐☐☐☐ く　なかったです。

例　梅は　おいしいです。　→　梅は　おいしく　なかったです。

❶ お弁当は　温かいです。

→ _____

❷ わさびは　辛いです。　（あまり）

→ _____

❸ 納豆は　おいしいです。　（ぜんぜん）

→ _____

> ☐☐☐☐☐ は ☐☐☐☐☐ では　ありませんでした。

例　日本料理の　店は　静かです。

→ 日本料理の　店は　静かでは　ありませんでした。

❹ 魚は　新鮮です。（あまり）

→ _____

❺ 味は　複雑です。

→ _____

❻ 盛り付けは　きれいです。（ぜんぜん）

→ _____

🎎文の練習2

例

1

2 　　　3

例 昔　ここは　賑やかでは　ありませんでした。

❶ _____

❷ _____

❸ _____

▶ MP3-48

日本の 生活は どうですか。

🌸 單字

❶ せいかつ ⓪ 名	生活	生活
❷ おんど 1 名	温度	温度
❸ りょう 1 名	量	數量、分量
❹ しょくじ ⓪ 名	食事	吃飯
❺ おふろ 2 名	お風呂	洗澡
❻ かまくら ⓪ 名	鎌倉	鎌倉
❼ まっちゃ ⓪ 名	抹茶	抹茶
❽ おすもうさん ⓪ 名	お相撲さん	相撲選手
❾ すくない 3 い形	少ない	少的
❿ にがい 2 い形	苦い	苦的
⓫ ちょうどいい 4 い形	丁度いい	剛剛好

❀ 句型3

> 名詞 は　どうですか。（でしたか。）
> 名詞1 は　どんな　名詞2 ですか。（でしたか。）
> 名詞 怎麼樣（了）呢？
> 名詞1 是怎麼樣的 名詞2 呢？

・日本の　生活は　どうですか。 　　　日本的生活怎麼樣呢？

・お相撲さんは　どんな　人ですか。 　相撲選手是怎麼樣的人呢？

❀ 形の練習3

A：[　　　　　　　　]は　どうですか。　　B：[　　　　　　　]です。

例 大学・生活・楽しい

→　A：大学の　生活は　どうですか。　　B：楽しいです。

❶ 味・ちょうどいい

→　A：＿＿＿＿＿＿＿＿＿＿＿＿＿＿　　B：＿＿＿＿＿＿＿＿＿＿＿＿

❷ お風呂の　温度・熱い

→　A：＿＿＿＿＿＿＿＿＿＿＿＿＿＿　　B：＿＿＿＿＿＿＿＿＿＿＿＿

❸ 食事の　量・とても　少ない

→　A：＿＿＿＿＿＿＿＿＿＿＿＿＿＿　　B：＿＿＿＿＿＿＿＿＿＿＿＿

第 9 課

A: ［　　　　　］は　どんな　［　　　　　］ですか。　　B: ［　　　　　］です。

例 その　お酒（さけ）・味（あじ）・酸（す）っぱい

　　→　A：その　お酒（さけ）は　どんな　味（あじ）ですか。　　B：酸（す）っぱいです。

❹ 鎌倉（かまくら）・所（ところ）・とても　静（しず）か

　　→　A：＿＿＿＿＿＿＿＿＿＿＿＿＿　B：＿＿＿＿＿＿＿＿＿＿

❺ 抹茶（まっちゃ）・味（あじ）・苦（にが）い

　　→　A：＿＿＿＿＿＿＿＿＿＿＿＿＿　B：＿＿＿＿＿＿＿＿＿＿

❻ お相撲（すもう）さん・人（ひと）・とても　大（おお）きい

　　→　A：＿＿＿＿＿＿＿＿＿＿＿＿＿　B：＿＿＿＿＿＿＿＿＿＿

❀ 文の練習３

例 大学（だいがく）の　生活（せいかつ）は　どうですか。　→　とても　大変（たいへん）です。

❶ 台湾（たいわん）は　どんな　所（ところ）ですか。　→　＿＿＿＿＿＿＿＿＿＿＿＿＿

❷ 臭豆腐（しゅうどうふ）は　どんな　料理（りょうり）ですか。　→　＿＿＿＿＿＿＿＿＿＿＿＿＿

❸ 日本語（にほんご）の　勉強（べんきょう）は　どうですか。　→　＿＿＿＿＿＿＿＿＿＿＿＿＿

▶ MP3-49

新幹線は　速いです。そして、便利です。

🎯 單字

❶ スキー 2 名	ski（英）	滑雪
❷ しんかんせん 3 名	新幹線	新幹線、高鐵
❸ ゆうえんち 3 名	遊園地	遊樂園
❹ ラーメン 1 名	拉麺	拉麵
❺ かいてんずし 3 名	回転寿司	迴轉壽司
❻ しゅるい 1 名	種類	種類
❼ やさしい 0 3 い形	優しい	溫柔的
❽ かわいい 3 い形	可愛い	可愛的
❾ こわい 2 い形	怖い	可怕的
❿ きもちいい 4 い形	気持ちいい	舒服的
⓫ まずい 2 い形	不味い	糟糕的、難吃的
⓬ しおからい 4 い形	塩辛い	鹹的
⓭ あぶらっぽい 5 い形	脂っぽい	油膩的
⓮ はやい 2 い形	速い	快的
⓯ ほうふ 0 名 な形	豊富	豐富
⓰ ゆうめい 0 な形	有名	有名
⓱ いざかや 0 名	居酒屋	居酒屋

第9課

◉句型4

順接 名詞1 は 形容詞1 です（では ありません）。
そして、～ 形容詞2 です（では ありません）。

名詞1 很（不）形容詞1 。而且，很（不）形容詞2 。

逆接 名詞1 は 形容詞1 です（では ありません）が、
形容詞2 です（では ありません）。

雖然 名詞1 很（不）形容詞1 ，但是很（不）形容詞2 。

・新幹線は 速いです。そして、便利です。

新幹線很快。而且，很便利。

・日本の ラーメンは 少し 塩辛いですが、おいしいです。

雖然日本的拉麵有一點鹹，但是很好吃。

◉形の練習4

□□□□□ は □□□□□ です。そして、□□□□□ です。

例 この 居酒屋・有名・にぎやか

→ この 居酒屋は 有名です。そして、にぎやかです。

❶ 日本の 回転寿司・安い・種類が 豊富

→ _____

❷ 日本人・優しい・とても 親切

→ _____

❸ 日本の ラーメン・塩辛い・脂っぽい

→ _____

　　　　┌─────────┐　　　┌─────────┐　　　　┌─────────┐
　　　　│　　　　　│ は 　│　　　　　│ ですが、│　　　　　│ です。
　　　　└─────────┘　　　└─────────┘　　　　└─────────┘

例 回転寿司・あまり・おいしく　ない・安い
　 → 　回転寿司は　あまり　おいしく　ないですが、安いです。

④ 新幹線・速い・高い

　 → ＿＿＿＿＿＿＿＿＿＿＿＿＿＿＿＿＿＿＿＿＿＿＿＿＿

⑤ スキー・とても　難しい・面白い

　 → ＿＿＿＿＿＿＿＿＿＿＿＿＿＿＿＿＿＿＿＿＿＿＿＿＿

⑥ 温泉・熱い・とても　気持ちいい

　 → ＿＿＿＿＿＿＿＿＿＿＿＿＿＿＿＿＿＿＿＿＿＿＿＿＿

❀文の練習4

┌──┐
│　きれい　　　高い　　　可愛い　　　美味しい　　　面白い　　　安い　│
└──┘

例 新幹線は　速いですが、チケットが　＿＿高い＿＿　です。

❶ この　ラーメンは　とても　熱いです。そして、＿＿＿＿＿＿です。

❷ 居酒屋は　お酒の　種類が　豊富です。そして、＿＿＿＿＿＿です。

❸ 京都の　お寺は　とても　古いですが、＿＿＿＿＿＿です。

❹ 奈良の　鹿は　少し　臭いですが、＿＿＿＿＿＿です。

❺ この　遊園地は　全然　有名じゃ　ありませんが、＿＿＿＿＿＿です。

文法

✿ 文法 1：形容詞的過去肯定形

	い形容詞		な形容詞
	～かったです		～でした
寒_{さむ}い	寒_{さむ}かったです	静_{しず}か	静_{しず}かでした
いい	よかったです		

注意：

い形容詞要轉換成「過去肯定形」時，い形容詞後面的「い」，請務必不要忘記去掉。

過去肯定形：　～ほ̶　→　～かった

おいしほ̶です。　→　おいし かった です。

而な形容詞的話，只要在後面加上「でした」就好。

✿ 文法 2：形容詞的過去否定形

	い形容詞		な形容詞
	～く　なかったです		～では　ありませんでした
寒_{さむ}い	寒_{さむ}く　なかったです	静_{しず}か	静_{しず}かでは（じゃ）ありませんでした
いい	よく　なかったです		

注意：

い形容詞要轉換成「過去否定形」時，い形容詞後面的「い」，請務必不要忘記去掉。

過去否定形：　～ほ̶　→　～く　なかったです

おいしほ̶です。　→　おいし く　なかった です。

而な形容詞的話，只要在後面加上「では　ありませんでした」就好。

✸ 文法₃：疑問詞

1.「どう」（怎麼樣）：用來詢問對方有什麼印象、意見或感想。

「～は どうですか。」的過去式是「～は どうでしたか。」。

例 現在式「日本の 生活は どうですか。」　　日本的生活怎麼樣呢？

　　過去式「日本の 生活は どうでしたか。」　過去在日本的生活怎麼樣呢？

2.「どんな＋名詞」（怎麼樣的～）：用來詢問對方「狀態」、「內容」。

　　＊ どんな ＋ 名詞 ：「どんな」的後面一定要接名詞。

例 「北海道は どんな 所ですか。」　　　北海道是怎樣的地方呢？

　　「きれいな 所ですよ。」　　　　　　是很漂亮的地方喔。

✸ 文法4：接續詞

1. そして（而且、然後）

　　也就是用來連接兩個評價主詞的形容詞，且此兩個形容詞的評價必須同等、並列。（好或不好的評價都可以使用）

2. ～が（但是）

　　也就是用來連接兩個評價主詞的形容詞，且此兩個形容詞必須是相反的評價。

例 台湾料理は おいしいです（＋）。そして、安いです（＋）。

台灣料理很好吃。而且，很便宜。

　　日本料理は おいしいです（＋）が、高いです（一）。

日本料理很好吃，但很貴。

單字

① はこだて ⓪ 名	函館	函館
② あさいち ② 名	朝市	早市
③ うまみ ⓪ 名	旨味	鮮味
④ イカ ⓪ 名	烏賊	花枝、烏賊
⑤ かつヤリイカ ④ 名	活ヤリイカ	活體花枝、活體烏賊
⑥ すがたづくり ④ 名	姿造り	原狀擺盤
⑦ さしみ ③ 名	刺身	生魚片
⑧ とうめい ⓪ 名 な形	透明	透明
⑨ つよい ② い形	強い	強的
⑩ しろい ② い形	白い	白色的
⑪ じかい ① 名	次回	下一次
⑫ それは　よかったです	それは　良かったです	那真是太好了
⑬ ちゅうもんして　みます	注文して　みます	點點看

（朝市の　レストランで）

A：今日の　食事は　どうでしたか。

B：とても　おいしかったです。量も　ちょうど　良かったです。

A：そうですか。それは　よかったです。

B：（メニュー　「活ヤリイカの　姿造りの　写真」を　指しながら）あのう、すみません、これは　どんな　料理ですか。

A：これは　イカの　刺身ですよ。函館朝市の　有名な　料理です。

B：とても　きれいですね。

A：そうでしょう。新鮮な　イカは　白く　ないです。透明ですよ。ヤリイカは　甘いです。そして、旨味が　強いです。

B：じゃ、次回は　これ、注文して　みます。

第9課

B級グルメ

日本B級美食

　　日本各地常有「B級美食」（B級グルメ）文化，簡而言之就是平民料理與小吃文化，但是並不像台灣那麼隨處可見，且通常有地域性的差異。

　　此文化一般説來跟二戰後各地的復原時期有關連。相對於台灣夜市都是差不多的食物，日本是根據各地文化而發展出不同的小吃。無論是學生每天放學經過商店街填飽肚子的「文字燒」（もんじゃ焼き），或是每到夏天廟會祭典必定會出現的「炒麵」（焼きそば；各縣市的調味不同）……等。下列舉出四種代表日本四大地區的B級美食。

關東東京──文字燒（もんじゃ焼き）

　　據傳是戰後東京淺草的小吃店在製作「好味燒」（お好み焼き）時，因為製作失敗，就將放了太多高湯的失敗品麵糊給小孩邊玩邊做邊吃，小孩拿到後一邊煎一邊畫成文字的形狀，就是這個小吃的由來。

關西京都──壹錢洋食（一錢洋食）

　　不知道各位有沒有即便沒錢，但是還是想吃西餐的時候呢？為了吃飽、吃氣派，壹錢洋食就是戰後糧食缺乏時空背景下的產物。把少少的麵糊抹在鐵板上，包上大量的高麗菜絲與青蔥等配料，再像可麗餅一樣包起來，這個可以吃粗飽又有西洋格調的美食就完成了。

北海道旭川——花枝足蓋飯（げそ丼）

　　盛產花枝的北海道，其B級美食當然離不開花枝了。把不能做成握壽司的花枝足部裹粉油炸，再做成蓋飯，此種透過最簡單的調味，最大程度地保留海味的美食，是古代交通不方便時，只有在花枝產地才能夠做出的平民小吃。

九州長崎——佐世保漢堡（佐世保バーガー）

　　長崎在經過二戰被地毯式轟炸與原子彈襲擊之後，戰後又因為被美軍選為駐軍基地，因此需要提供美國道地的食物以供應美軍飲食。爾後，更因為韓戰爆發，加深了佐世保漢堡的文化。如今佐世保漢堡其美式的調味風格，與大到無法一口咬下的尺寸，已經是日本經典美式飲食的代名詞了。

MEMO

にほん　　　たいわん　　　　　　おお
日本は　台湾より　大きいです。

日本比台灣大。

學習目標

① 學習兩事物的比較句型。

② 學習詢問兩事物比較結果的句型。

③ 學習比較時所用到的形容詞。

▶ MP3-52

日本は　台湾より　大きいです。

❀ 單字

❶ とうきょう ⓪ 名		東京	東京
❷ ほっかいどう ③ 名		北海道	北海道
❸ せ ① 名		背	身高、背部
❹ じんこう ⓪ 名		人口	人口
❺ ぶっか ⓪ 名		物価	物價
❻ じょうず ③ な形		上手	拿手、擅長

❀ 句型1

> 名詞1 は　名詞2 より　形容詞 です。
>
> 名詞1 比 名詞2 更 形容詞 。

・日本は　台湾より　大きいです。　　　　　日本比台灣大。
・東京は　北海道より　交通が　便利です。　東京比北海道交通便利。

❀ 形の練習1

　　　　　は　　　　　より　　　　　　　です。

例 日本・台湾・大きい　　　→　　日本は　台湾より　大きいです。

— 170 —

❶日本・台湾・物価が　高い　→ _____

❷北海道・東京・寒い　→ _____

❸弟・兄・背が　高い　→ _____

❹父・母・料理が　上手　→ _____

❺台北・高雄・人口が　多い　→ _____

🎬文の練習 I

 例

1

2

さとう　たなか
佐藤　田中

3

例 台湾は　アメリカより　小さいです。

❶ _____

❷ _____

❸ _____

▶ MP3-53

台湾と 沖縄と どちらが 暖かいですか。

❊ 單字

1. タイ 1 名　　Thailand（英）　　泰國
2. とくい 0 2 な形　　得意　　拿手
3. どちら 1 代名　　　　　哪一個

❊ 句型I

名詞1 と 名詞2 と どちらが 形容詞 ですか。
・・・ 名詞1或2 の ほうが 形容詞 です。
名詞1 跟 名詞2 哪一個比較 形容詞 呢？
… 名詞1或2 更 形容詞 。

・日本と アメリカと どちらが 大きいですか。

　・・・アメリカの ほうが 大きいです。

日本跟美國哪一個比較大呢？　　　…美國比較大。

・東京と 台北と どちらが 熱いですか。

　・・・台北の ほうが 熱いです。

東京跟台北哪一個比較熱呢？　　　…台北比較熱。

— 172 —

🎴 形の練習2

A： [_____] と [_____] と　どちらが [_____] ですか。
B： [_____] の　ほうが [_____] です。

例 A：陳さん・林さん・背が　高い
　→ <u>陳さんと　林さんと　どちらが　背が　高いですか。</u>

　B：陳さん
　→ <u>陳さんの　ほうが　背が　高いです。</u>

❶ A：タイ料理・韓国料理・辛い

　→ _____

　B：タイ料理

　→ _____

❷ A：冬・夏・好き

　→ _____

　B：夏

　→ _____

❸ A：日本語・英語・得意

　→ _____

　B：日本語

　→ _____

第10課

文法

❀ 文法 1：AはBより

用於肯定敘述中兩件事物的比較，中文意思為「A比B～」。

例 アメリカは 日本より 大きいです。　　美國比日本大。

❀ 文法 2：選擇疑問句

～と～と、どちらが～ですか。：疑問句，用於詢問兩者之比較。

此句型用於「以兩件事物當作選項，然後請對方選擇一項」時。中文意思為「A跟B哪一個比較～呢？」。

注意：

（1）在口語中會使用「どっち」（哪一個）。

例 コーヒーと 紅茶と どちらが 好きですか。

咖啡**跟**紅茶你比較喜歡**哪一個**呢？

＝ コーヒーと 紅茶と どっちが 好きですか。

咖啡**跟**紅茶你比較喜歡**哪一個**呢？

（2）本句型裡，接續於B之後的「と」不能省略。而原本在日語中，當要表示全部列舉時，欲列舉的項目有幾個，就要出現幾個「と」。最後一項的「と」在口語化時可以被省略。

（3）針對本句型，要以「～のほうが～」的方式來回答。請參照下面。

❀文法3：比較句型

AよりBのほうが：針對上面的問句，也就是在兩個選一個的情況下，會使用「〜のほうが〜」（〜比較〜）來回答。

注意：

（1）當選項只有兩項時，不論選項的名詞為何，疑問詞只能使用「どちら」（哪一個）或「どっち」（「どちら」哪一個的口語型），而超過三個以上的選項時用「どれ」。

（2）回答的時候，如果是兩邊都喜歡（討厭）的情況下，會使用「どちらも〜」（兩個都〜）。

例 **どちらも　好_すきです。**　　**兩個都**喜歡。

 **會話**

❀ 單字

❶ メニュー ① 名	menu（英）	菜單
❷ ショートケーキ ④ 名	shortcake（英）	奶油蛋糕
❸ チョコレートケーキ ⑥ 名	chocolate cake（英）	巧克力蛋糕
❹ カロリー ① 名	calorie（英）	卡路里
❺ ～に　します		選（決定）～
❻ おなじ ⓪ な形	同じ	同樣的

▶ MP3-55

黄：メニューが　たくさん　ありますね。

周：本当ですね。どう　しましょう。

黄：周さんは　ショートケーキと　チョコレートケーキと　どちらが　好きですか。

周：えー、わたしは　ショートケーキの　ほうが　好きですね。

黄：そうですか。わたしは　チョコレートケーキの　ほうが　好きです。ここの　チョコレートケーキは　とても　有名なんですよ。

周：そうですか。でも、ショートケーキより　甘いです。そして、カロリーも　高いですよ。

黄：それは　そうですが、おいしいですから　大丈夫です。ところで、飲み物は　どう　しますか。コーヒーと　紅茶と　どちらが　いいですか。

周：コーヒーの　ほうが　好きですが、今日は　紅茶に　します。

黄：じゃ、わたしも　同じのに　します。

日本美食（簡単調味法）

日本美食（簡單調味法）

　　繼上一課介紹日本各地的B級美食文化後，本課將介紹日本料理獨特的簡單調味法的背景與由來。日本料理大致分為兩大類：第一類是使用各地盛產食材孕育而生的料理，第二類是根據外來的料理加以吸收改良而成的日式食物。而談到第一類料理，就不能不提到日本的簡單調味法跟調味料五寶。

簡單調味法

　　所謂的簡單調味法，就是運用當地特產與配合季節，追求食材的極致美味，再用最少的調味，以淡雅的口感帶出食材的原味。尤其日本古代較少肉食的緣故，再加上四面環海，也因此發展出使用魚類、蔬菜與米等食材為中心的料理。此外，簡單調味法也是日本料理特有的精神，比起西洋料理與中華料理等在食材上添加各式各樣的佐料來增加料理的美味，日本料理更強調如何減少調味來達成。例如能夠只用鹽或高湯，就不使用辛香料；甚至能夠生食就不需要將料理過火，此種強調用簡單的方式來呈現食材本身的美味，正是日本料理的精髓。

調味料五寶「さ」、「し」、「す」、「せ」、「そ」

　　既然提到簡單調味法，就不能不提到調味料五寶「さ」、「し」、「す」、「せ」、「そ」了。首先，「さ」指的是砂糖（砂糖）、「し」指的是鹽（塩）、「す」指的是醋（お酢）、「せ」指的是醬油（正油，「正油」是醬油的古稱，現稱「醬油」）、「そ」指的是味噌（みそ）。基本上日本料理的調味料都是以上述五種為主，即便是口感濃郁的照燒醬，也僅僅是糖與醬油（其實還有加一點米酒跟味醂）的組合而已。

MEMO

1階に　靴売り場が　あります。

在一樓有鞋子賣場。

學習目標

① 學習存在動詞「あります」、「います」的使用方法。

② 學習詢問目標場所資訊的方法與句型。

③ 學習日語樓層的説法。

▶ MP3-56

1階に 靴売り場が あります。

🎬 單字

① 〜かい 0 名	〜階	〜樓
② にわ 0 名	庭	院子
③ むすめ 3 名	娘	女兒
④ おくじょう 0 名	屋上	屋頂
⑤ 〜うりば 0 名	〜売り場	〜賣場
⑥ いりぐち 0 名	入口	入口
⑦ けいびいん 3 名	警備員	警衛
⑧ ちか 1 2 名	地下	地下
⑨ ちゅうしゃじょう 0 名	駐車場	停車場
⑩ ユニクロ 0 名	UNIQLO（英）	優衣庫
⑪ むじるし 2 名	無印	無印良品
⑫ おんなの ひと 6 名	女の 人	女人
⑬ えいがかん 3 名	映画館	電影院
⑭ ともだち 0 名	友達	朋友

❁ 句型 I

$$
\boxed{場所}\ に\ \boxed{名詞}\ が\quad あります。
$$
$$
\boxed{場所}\ に\ \boxed{名詞}\ が\quad います。
$$

在 場所 有 名詞 （無生命物品，如植物）。
名詞 （人、動物、昆蟲）在 場所 。

・2階に　トイレが　あります。　　　　在2樓有廁所。

・レストランに　娘が　います。　　　　女兒在餐廳裡。

❁ ウォーミングアップ　請填入「います」或「あります」。

❶ 屋上に　きれいな　庭が　（　　　　　）。

❷ 靴売り場に　母が　（　　　　　）。

❸ ４階に　事務所が　（　　　　　）。

❹ 入口に　警備員が　（　　　　　）。

❺ 地下に　駐車場が　（　　　　　）。

❁ 形の練習 I

$$
\boxed{}\ に\ \boxed{}\ が\quad あります／います。
$$

例 レストラン・娘　　→　レストランに　娘が　います。

❶ 2階・かばん売り場　→ _____

❷ 入口・喫茶店　　　→ _____

❸ 1階・受付　　　　→ _____

第11課

❹ この　デパート・ユニクロや　無印など

　→ _____

❺ 受付・女の　人　　　→ _____

✪文の練習 I

例

2F

1

8F

2

B1

3

服売り場

例 2階に　娘が　います。

❶ _____

❷ _____

❸ _____

3階に 何が ありますか。
<small>さんがい</small> <small>なに</small>

🏵 單字

❶ そと ① 名	外	外面
❷ ことり ⓪ 名	小鳥	小鳥
❸ おとこの ひと ⑥ 名	男の 人	男人
❹ あたま ③ 名	頭	頭
❺ ごみばこ ⓪ ③ 名	ごみ箱	垃圾桶
❻ おもちゃ ② 名	玩具	玩具

位置的單字

上 <small>うえ</small> 上面	下 <small>した</small> 下面	右 <small>みぎ</small> 右邊	左 <small>ひだり</small> 左邊	前 <small>まえ</small> 前面
後ろ <small>うし</small> 後面	隣 <small>となり</small> 隔壁	間 <small>あいだ</small> 中間	中 <small>なか</small> 裡面	そば 旁邊

🏵 句型2

場所に 何が ありますか。
<small>なに</small>
（場所の 位置）

在場所有什麼呢？
（場所的位置）

・服売り場の 隣に 何が ありますか。・・・かばん売り場が あります。
<small>ふく う ば</small> <small>となり</small> <small>なに</small> <small>う ば</small>
服飾賣場的隔壁有什麼呢？ …有包包賣場。

・男の 人の 後ろに 何が いますか。・・・犬が います。
<small>おとこ</small> <small>ひと</small> <small>うし</small> <small>なに</small> <small>いぬ</small>
男人的後面有什麼呢？ …有狗狗。

— 183 —

❀ 形の練習2

| | に | | が　あります／います。

例 頭の　上・小鳥　　　→　頭の　上に　小鳥が　います。

❶ この　喫茶店・コーヒーや　紅茶

　→ _____

❷ 地下1階・フードコート　→ _____

❸ この　かばんの　中・猫　→ _____

❀ 文の練習2

例

1

2
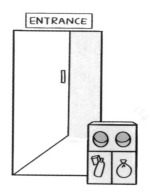

3
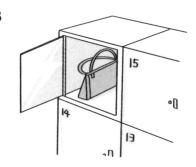

例 A：服_{ふく}売_うり場_ばの　隣_{となり}に　何_{なに}が　ありますか。

B：かばん売_うり場_ばが　あります。

❶ A：＿＿＿＿＿＿＿＿＿＿＿＿＿＿＿＿＿＿＿＿＿＿＿＿＿

B：＿＿＿＿＿＿＿＿＿＿＿＿＿＿＿＿＿＿＿＿＿＿＿＿＿

❷ A：＿＿＿＿＿＿＿＿＿＿＿＿＿＿＿＿＿＿＿＿＿＿＿＿＿

B：＿＿＿＿＿＿＿＿＿＿＿＿＿＿＿＿＿＿＿＿＿＿＿＿＿

❸ A：＿＿＿＿＿＿＿＿＿＿＿＿＿＿＿＿＿＿＿＿＿＿＿＿＿

B：＿＿＿＿＿＿＿＿＿＿＿＿＿＿＿＿＿＿＿＿＿＿＿＿＿

第11課

▶ MP3-58

トイレの 前^{まえ}に 誰^{だれ}が いますか。

⊛ 單字

1	しょくひん	0	名	食品	食品
2	けしょうひん	0	名	化粧品	化妝品
3	おとこの こ	3	名	男の 子	男孩
4	おんなの こ	3	名	女の 子	女孩
5	ゲームセンター	4	名	game center（英）	遊戲場

⊛ 句型3

> 場所 に 誰^{だれ}が いますか。
>
> 在 場所 有誰呢？

・受付^{うけつけ}に 誰^{だれ}が いますか。　・・・女^{おんな}の 人^{ひと}が います。
誰在櫃臺呢？　　　　　　　　　　…女人在（櫃臺）。

・トイレの 前^{まえ}に 誰^{だれ}が いますか。　・・・子^こどもが います。
誰在廁所的前面呢？　　　　　　　　　　　…小朋友在（廁所的前面）。

❂形の練習3

A：　□□□□□　に　誰が　いますか。
B：　□□□□□　が　います。

例 トイレの　前・子ども　→　A：トイレの　前に　誰が　いますか。
　　　　　　　　　　　　　　 B：子どもが　います。

❶ ゲームセンター・男の　子

　　→　　A：＿＿＿＿＿＿＿＿＿＿＿＿＿＿＿＿＿＿＿＿＿＿＿＿＿

　　　　　B：＿＿＿＿＿＿＿＿＿＿＿＿＿＿＿＿＿＿＿＿＿＿＿＿＿

❷ エレベーターの　前・女の　人

　　→　　A：＿＿＿＿＿＿＿＿＿＿＿＿＿＿＿＿＿＿＿＿＿＿＿＿＿

　　　　　B：＿＿＿＿＿＿＿＿＿＿＿＿＿＿＿＿＿＿＿＿＿＿＿＿＿

❸ 入口の　側・友達

　　→　　A：＿＿＿＿＿＿＿＿＿＿＿＿＿＿＿＿＿＿＿＿＿＿＿＿＿

　　　　　B：＿＿＿＿＿＿＿＿＿＿＿＿＿＿＿＿＿＿＿＿＿＿＿＿＿

第11課

⊛ 文の練習3

例

1

2

3

例 A：<ruby>受付<rt>うけつけ</rt></ruby>に　<ruby>誰<rt>だれ</rt></ruby>が　いますか。　→　B：<ruby>女<rt>おんな</rt></ruby>の　<ruby>人<rt>ひと</rt></ruby>が　います。

❶ A：＿＿＿＿＿＿＿＿＿＿＿＿　→　B：＿＿＿＿＿＿＿＿＿＿＿＿

❷ A：＿＿＿＿＿＿＿＿＿＿＿＿　→　B：＿＿＿＿＿＿＿＿＿＿＿＿

❸ A：＿＿＿＿＿＿＿＿＿＿＿＿　→　B：＿＿＿＿＿＿＿＿＿＿＿＿

文法

🏵文法 I

～階	讀法
10階	じゅっかい
9階	きゅうかい
8階	はっかい
7階	ななかい
6階	ろっかい
5階	ごかい
4階	よんかい
3階	さんがい
2階	にかい
1階	いっかい
地下1階	ちかいっかい
地下2階	ちかにかい
地下3階	ちかさんがい

「～に～があります・います」：當存在對象是人或動物時，中文翻譯成「～在～（地點）」；當存在對象是物品時，中文翻譯成「在～（地點）有～」。

1. 存在動詞「います」、「あります」

「います」表示有生命的存在，例如人、動物、昆蟲……等。

「あります」表示無生命的東西存在的位置。另外，雖然植物有生命，但是因為不會動、看起來和無生命的東西一樣，因此要使用「あります」。

2. 助詞「に」、「が」

「に」表示「人或物存在的場所」。

「が」表示「句子的主詞」。

例 猫が　トイレに　います。　　　　　貓在廁所。

3. や～（など）

名詞 や　名詞 や　名詞 （など）

表示並列，用來列舉同類事物，中文可翻譯成「～或～（等……）」。也就是暗示除了這個之外，還有沒有提到的事物存在。

會話

▶ MP3-59

❀ 單字

❶ ちかく ① ② 名　　　近く　　　　　　　　附近

❷ ビル ① 名　　　　　building（英）　　建築物

❸ あるんですね　　　　　　　　　　　　有……是吧

▶ MP3-60

客：この　近くに　デパートが　ありますか。

Ａ：はい。あの　ビルの　右に　ありますよ。

客：そうですか。ありがとう　ございます。

（デパートで）

客　：すみません。ここに　ユニクロが　ありますか。

店員：はい、ございますよ。３階に　かばん売り場が　ございま
　　　す。その　隣ですよ。

客　：かばん売り場の　隣に　ユニクロが　あるんですね。どう
　　　も。

第11課

就職活動I
しゅうしょく かつ どう

就職活動I

　　要在日本就業，就不能不提到日本特殊的「就職活動」文化。由於從以前開始，日本職場就實施終身雇用制，也就是某人從畢業開始，一輩子就只有一份工作，在流動率越低越好的前提下，應屆畢業生對公司和工作也必須有足夠的使命感與認同感，而其結果，就是衍生出日本著名的就職活動文化。

　　由於日本大企業人事部門的使命，是希望新人3年內流動率低於30%，也就是進10個應屆畢業生，3年後至少要有7個人留下來，且希望這些人是可以工作30至40年的「人財」（員工就是企業最大資產的概念），所以應屆畢業生在校的最後一年，就會開始投入一整年的就職活動，包含投履歷、參加面試等。

　　如同第三課提到的，在大學期間，大約大三下學期的12至1月左右，就會有各個公司的說明會來講解公司的核心價值。而從大四上學期的4月開始（其實以前更早，但由於日本政府希望學生要保留一定的學習時間，因此有規定企業的徵才開始時間），所有大公司會開放應屆畢業生投履歷，經歷一連串的面試之後，大約在8至10月就會決定採用的名單。不幸沒有收到任何聘書的學生，就要準備投入第二輪的中堅企業應徵，其結果大概會在12至1月出來。最後剩下的學生只能考慮中小企業、打工，或是繼續升學了。最後，所有收到聘書的學生只要能順利畢業，就會在4月1日直接進公司報到。

大四下學期				大四上學期		大三下學期			學期
3-4月	1-2月	11-12月	9-10月	7-8月	5-6月	3-4月	1-2月	11-12月	月份
中小企業放榜　畢業生畢業、進入職場	中堅企業放榜　中小企業進入最終面試	中堅企業進入最終面試　中小企業面試開始	中堅企業面試開始　中小企業說明會開始	大企業進入最終面試、放榜	大企業面試開始	大企業履歷開始收件		大企業、中堅企業說明會開始	事件

MEMO

— 第 **12** 課 —

ゆうびんきょく
郵便局は どこに ありますか。

郵局在哪裡呢？

學習目標

① 學習使用存在動詞，並詳細說明地點的相對位置。

② 學習詢問店家或目的地位置的方法與句型。

③ 學習目的地的相關日語單字。

▶ MP3-61

市役所は 消防署の 向かいに あります。
(しやくしょ) (しょうぼうしょ) (む)

❀ 單字

❶ しやくしょ ② 名	市役所	區公所
❷ むかい ⓪ 名	向かい	對面
❸ しょうぼうしょ ⓪ ⑤ 名	消防署	消防局
❹ しょうがっこう ③ 名	小学校	小學
❺ プール ① 名	pool（英）	游泳池
❻ みぎがわ ⓪ 名	右側	右側
❼ ひだりがわ ⓪ 名	左側	左側
❽ おべんとうや ⓪ 名	お弁当屋	便當專賣店
❾ タクシーのりば ⑤ 名	taxi乗り場（英）	計程車招呼站
❿ よこ ⓪ 名	横	旁邊
⓫ もん ① 名	門	門

❀句型 I

| 名詞 | は | 名詞（或　名詞の　名詞） | に | あります。 |

| 名詞 | は | 名詞（或　名詞の　名詞） | に | います。 |

名詞（非生物）在 名詞（或名詞的名詞）。
名詞（生物）在 名詞（或名詞的名詞）。

・市役所は　消防署の　向かいに　あります。　　　區公所在消防局的對面。

・男の　子は　小学校の　前に　います。　　　男孩在小學的前面。

❀形の練習 I

| | は | | に　あります／います。 |

例　市役所・消防署・右側　→　市役所は　消防署の　右側に　あります。

❶バス停・お弁当屋・向かい

→ _____

❷タクシー乗り場・駅・前

→ _____

❸警察官・門・前　　→ _____

❹店員・レジの　近く　→ _____

❺図書館・市役所・駐車場・間

→ _____

🎞文の練習1

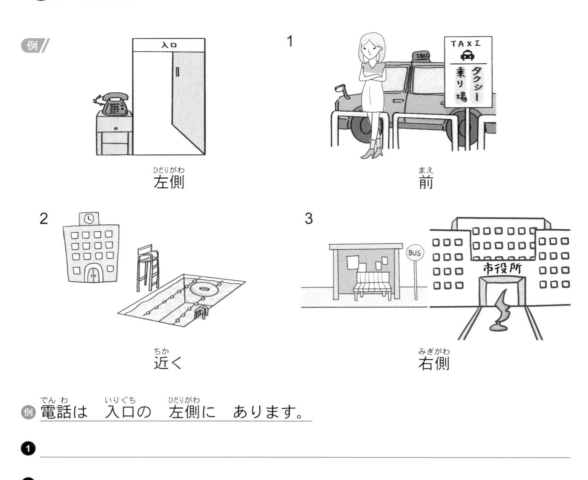

例）

左側
（ひだりがわ）

1

前
（まえ）

2

近く
（ちか）

3

右側
（みぎがわ）

例）電話は　入口の　左側に　あります。
（でんわ）（いりぐち）（ひだりがわ）

❶ _____

❷ _____

❸ _____

MP3-62

お手洗いは　どこに　ありますか。
(て あら)

單字

① ユーバイク ③ 名	You-Bike（英）	微笑單車
② じどうはんばいき ⑥ 名	自動販売機	自動販賣機
③ カウンター ⓪ 名	counter（英）	櫃臺
④ しんごう ⓪ 名	信号	紅綠燈號誌
⑤ おてあらい ③ 名	お手洗い	洗手間
⑥ うえ ⓪ 名	上	上面
⑦ した ⓪ 名	下	下面

句型2

> 名詞 は　どこに　ありますか。
> 名詞 は　どこに　いますか。
> 名詞（非生物）在哪裡呢？
> 名詞（生物）在哪裡呢？

・お手洗いは　どこに　ありますか。　　洗手間在哪裡呢？
　　(て あら)
・カウンターの　人は　どこに　いますか。　　櫃臺接待人員在哪裡呢？
　　　　　　　(ひと)

第12課

✿ 形の練習2

A: ⬚⬚⬚⬚ は　どこに　ありますか／いますか。
B: ⬚⬚⬚⬚ に　あります／います。

例　A：お手洗い　　　→　お手洗いは　どこに　ありますか。
　　B：公園・中　　　→　公園の　中に　あります。

❶ A：ユーバイク　　　→ _____

　　B：バス停・近く　　→ _____

❷ A：娘　　　　　　　→ _____

　　B：自動販売機・横　→ _____

❸ A：飲み物　　　　　→ _____

　　B：カウンター・上　→ _____

文の練習2

まえ
前

1

なか
中

2

ちか
近く

3

した
下

例 おとこ こ
男の 子は どこに いますか。 → しょうがっこう まえ
小学校の 前に います。

① おんな こ
女の 子は どこに いますか。 → _____

② ユーバイクは どこに ありますか。 → _____

③ ねこ
猫は どこに いますか。 → _____

第12課

文法

文法1:「～は～にあります・います」

表示人、物品、動物、植物、昆蟲所存在的位置,中文可翻譯成「在……」或「……有」。

1. 人・動物・虫 は 場所 に います。

例 先生 は 教室 に います。　　　　老師在教室。
　　犬 は 部屋 に います。　　　　　狗狗在房間。

2. 物・植物 は 場所 に あります。

例 眼鏡 は 学校 に あります。　　　眼鏡在學校。
　　花 は 車の 上 に あります。　　花在車上。

單字

❶ まいご ① 名	迷子	迷路（的人）
❷ すこし ② 副	少し	一點
❸ とおい ⓪ い形	遠い	遠的
❹ か ① 助		或是

▶ MP3-64

（町の　中で）

A：あのう、すみません。ここは　どこですか。

B：迷子ですか。ここは　図書館の　近くですよ。

A：そうですか。市役所は　どこですか。

B：ここから　少し　遠いですが、市役所は　松山駅の　隣に
　　ありますよ。

A：じゃ、この　近くに　タクシー乗り場か　ユーバイクが　あ
　　りますか。

B：あそこの　お弁当屋の　前に　ユーバイクが　ありますよ。

A：そうですか。ありがとう　ございました。

第12課

就職活動II

就職活動II

上一課提到日本的就業面試需要花一年。相信讀者們一定不明白，到底為什麼簡單的面試能夠拖上一年。其實「**新卒面接**」（學生畢業前的面試）真的是過五關斬六將，以下舉幾個關卡當例子來說明。

企業採用說明會

說明會看似是雞肋，但是實際上相當重要，因為面試一定會被問到企業理念與公司文化。除了上網查詢以外，唯一能夠獲得公司內部資訊的管道，就只剩下企業說明會了。此外，之後面試時人事部門的面試官們也大多會在說明會的時候露臉。多去聽說明會，未來面試或是寫履歷時，才比較容易脫穎而出，而不會淪為罐頭履歷。

簡易履歷報名表（Entry sheet）提出

下圖列出有60-80%的人會通過，是因為日本學生都知道履歷的寫法。在這一關，大部分企業還是堅持手寫履歷。而能否脫穎而出，除了罐頭履歷絕對不可能過關外，所寫的內容還必須切中公司的經營理念與認同公司（企業認為，員工必須要認同公司理念，才會有長久的動力）。請記住，人事部門的評審們被賦予必須單從履歷中就找出能待30年的人的責任。

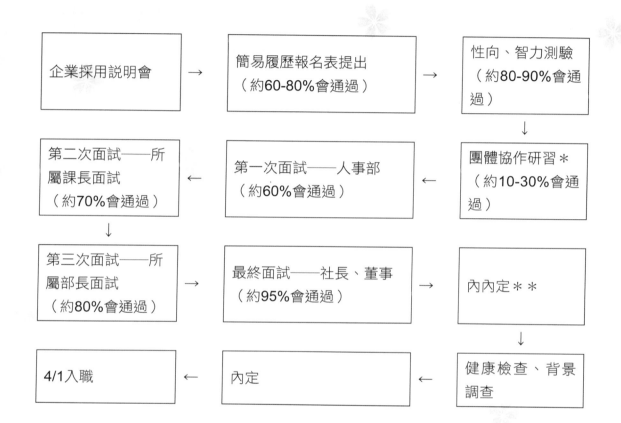

＊團體協作：日文是「ワークショップ」（workshop），通常是指分成小組討論並在時間內完成企劃案。

＊＊「內內定」是指基本上已經決定採用、但是會進行最後的身家調查與健康檢查，沒有問題的話會給內定。

MEMO

これは　いくらですか。

這個多少錢呢？

學習目標

① 學習金額與數字的説法。

② 學習購物時使用的日語。

③ 學習名詞的數量詞。

▶ MP3-65

これは　いくらですか。

❀單字

1	いくら 1 名	幾ら	多少
2	～えん 名	～円	～日圓
3	にんじん 0 名	人参	紅蘿蔔
4	キャベツ 1 名	cabbage（英）	高麗菜
5	だいこん 0 名	大根	白蘿蔔
6	いも 2 名	芋	番薯
7	かぼちゃ 0 名	南瓜	南瓜
8	トマト 1 名	tomato（英）	番茄
9	きゅうり 1 名	胡瓜	小黃瓜
10	たまねぎ 3 名	玉葱	洋葱
11	ほうれんそう 3 名	ほうれん草	菠菜
12	チンゲンさい 3 名	青梗菜	青江菜
13	ながねぎ 2 名	長葱	葱
14	なす 1 名	茄子	茄子

❀ 句型 I

$$\boxed{名詞}は\quad いくらですか。$$
$$\cdots\boxed{名詞}は\quad \cdots\cdots 円です。$$

$\boxed{名詞}$ 是多少錢？

$\cdots\boxed{名詞}$ 是……日圓。

・この　本は　いくらですか。　　　・・・８０円です。

這本書多少錢呢？　　　　　　　　…80日圓。

・あの　トマトは　いくらですか。　　・・・１５０円です。

那個番茄多少錢呢？　　　　　　　…150日圓。

試著發音看看！

十	百	千	万

30	（3さん＋10じゅう） ＝さんじゅう
150	（100ひゃく＋50ごじゅう） ＝**ひゃく**　ごじゅう
620	（600ろっぴゃく＋20にじゅう） ＝**ろっぴゃく**　にじゅう
815	（800はっぴゃく＋15じゅうご） ＝**はっぴゃく**　じゅうご
1200	（1000せん＋200にひゃく） ＝**せん**　にひゃく
3400	（3000さんぜん＋400よんひゃく） ＝さん**ぜん**　**よん**ひゃく
8680	（8000はっせん＋600ろっぴゃく＋80はちじゅう） ＝**はっせん**　**ろっぴゃく**　はちじゅう

第 **13** 課

19000	（10000いちまん＋9000きゅうせん） ＝いちまん　**きゅう**せん
157000	（150000じゅうごまん＋7000ななせん） ＝じゅうごまん　ななせん

🎞形の練習1

A：　　　　　　　　は　いくらですか。

B：　　　　　　　　円^{えん}です。

例 大根^{だいこん}・１５０^{ひゃくごじゅう}　→　A：大根^{だいこん}は　いくらですか。

　　　　　　　　　　　　　　　B：１５０円^{ひゃくごじゅうえん}です。

❶ いも・８０^{はちじゅう}

　→　A：_____　B：_____

❷ かぼちゃ・４３０^{よんひゃくさんじゅう}

　→　A：_____　B：_____

❸ トマト・３５０^{さんびゃくごじゅう}

　→　A：_____　B：_____

❹ きゅうり・２６０^{にひゃくろくじゅう}

　→　A：_____　B：_____

❺ たまねぎ・２８０^{にひゃくはちじゅう}

　→　A：_____　B：_____

文の練習 I

例

ほうれん草
そう
よんひゃくえん
４００円

1

チンゲン菜
さい
ひゃくごじゅうえん
１５０円

2

長葱
ながねぎ
さんびゃくろくじゅうえん
３６０円

3

茄子
なす
にひゃくはちじゅうえん
２８０円

例 ほうれん草は　４００円です。
そう　　よんひゃくえん

❶ _____

❷ _____

❸ _____

これを　ください。

🎯 單字

① カレーライス ④ 名	curry rice（英）	咖哩飯
② オムライス ③ 名	omelet rice（英）	蛋包飯
③ ぎゅうどん ⓪ 名	牛丼	牛肉蓋飯
④ かつどん ⓪ 名	かつ丼	炸豬排蓋飯
⑤ おやこどん ⓪ 名	親子丼	雞肉蛋蓋飯
⑥ うどん ⓪ 名	饂飩	烏龍麵
⑦ からあげ ⓪ 名	唐揚げ	日式炸雞塊
⑧ おこのみやき ⓪ 名	お好み焼き	大阪燒
⑨ こうちゃ ⓪ 名	紅茶	紅茶

🎯 句型2

> **名詞**を　ください。
>
> 請給我 名詞 。

・<ruby>牛丼<rt>ぎゅうどん</rt></ruby>を　ください。　　請給我牛肉蓋飯。

・オムライスを　ください。　　請給我蛋包飯。

❀形の練習2

┌─────────────┐
│   │ を　ください。
└─────────────┘

例 カレーライス　　　　　→　カレーライスを　ください。

❶ ラーメン　　　　　　　→　_____

❷ かつ丼（どん）　　　　→　_____

❸ 牛丼（ぎゅうどん）　　→　_____

❹ タピオカミルクティー　→　_____

❺ 紅茶（こうちゃ）　　　→　_____

❀文の練習2

例

1

2

3

4

例 すみません、親子丼（おやこどん）を　ください。

❶ すみません、_____

❷ すみません、_____

❸ すみません、_____

❹ すみません、_____

第13課

— 213 —

▶ MP3-67

この　りんごを　3つ　ください。

單字

❶ きって ⓪ 名	切手	郵票
❷ タブレット ① 名	tablet（英）	平板電腦
❸ さら ⓪ 名	皿	盤子
❹ ふく ② 名	服	衣服
❺ フォーク ① 名	fork（英）	叉子
❻ スプーン ② 名	spoon（英）	湯匙
❼ ナイフ ① 名	knife（英）	小刀、餐刀

句型3

> 名詞 を　数量詞　ください。
>
> 請給我 数量詞 名詞 。

・ノートを　3冊（さんさつ）　ください。　　請給我三本筆記本。
・りんごを　5つ（いつ）　ください。　　請給我五個蘋果。

試著發音看看！

● ひとつ 一個	●● ふたつ 二個	●●● みっつ 三個	●●●● よっつ 四個	●●●●● いつつ 五個
●●●●● ● むっつ 六個	●●●●● ●● ななつ 七個	●●●●● ●●● やっつ 八個	●●●●● ●●●● ここのつ 九個	●●●●● ●●●●● とお 十個

✲ 形の練習3

　　　　　　| 　　　　 | を　| 數量詞 |　ください。

ふく　　はちまい
例 服・8枚　　　　→　　服を　　8枚　　ください。

よんほん
❶ ナイフ・4本　　→ _____

ごまい
❷ CD・5枚　　　　→ _____

いちだい
❸ タブレット・1台 → _____

ななほん
❹ スプーン・7本　 → _____

さら　　きゅうまい
❺ 皿・9枚　　　　→ _____

🎞️ 文の練習3

量詞：「〜枚（まい）」、「〜台（だい）」、「〜冊（さつ）」、「〜本（ほん）」、「〜つ」

☐☐☐☐ を ┌数量詞┐ ください。

1

2

3

4

5

❶ _____

❷ _____

❸ _____

❹ _____

❺ _____

文法

文法1

値段（價格）
_{ね だん}

1円 _{いちえん}	10円 _{じゅうえん}	100円 _{ひゃくえん}	1000円 _{せん えん}
2円 _{にえん}	20円 _{にじゅうえん}	200円 _{にひゃくえん}	2000円 _{に せん えん}
3円 _{さんえん}	30円 _{さんじゅうえん}	300円 _{さんびゃくえん}	3000円 _{さん ぜん えん}
4円 _{よえん}	40円 _{よんじゅうえん}	400円 _{よんひゃくえん}	4000円 _{よん せん えん}
5円 _{ごえん}	50円 _{ごじゅうえん}	500円 _{ごひゃくえん}	5000円 _{ご せん えん}
6円 _{ろくえん}	60円 _{ろくじゅうえん}	600円 _{ろっぴゃくえん}	6000円 _{ろく せん えん}
7円 _{ななえん}	70円 _{ななじゅうえん}	700円 _{ななひゃくえん}	7000円 _{なな せん えん}
8円 _{はちえん}	80円 _{はちじゅうえん}	800円 _{はっぴゃくえん}	8000円 _{はっ せん えん}
9円 _{きゅうえん}	90円 _{きゅうじゅうえん}	900円 _{きゅうひゃくえん}	9000円 _{きゅう せん えん}

1万円 _{いちまんえん}	10万円 _{じゅうまんえん}	100万円 _{ひゃく まんえん}

文法2

「～を　ください」：中文意思為「請給我～」。

　　點餐或是購物時，也可以使用另一種説法：「～を　お願いします」_{ねが}（麻煩給我～）。

例 りんごを　ください。　　　　　　請給我蘋果。

　　コーヒーを　お願いします。_{ねが}　　　麻煩給我咖啡。

❀ 文法3

1. 和語數量詞

「～つ」的這種數法屬於和語（日本固有的詞彙），從大型的物品到廣泛的物件、年齡（1歲到10歲），乃至抽象的事物都能夠使用。

2. 「名詞 を 數量詞 ください」：中文意思為「請給我 名詞 ～」。

「ください」是用來表示自己的希望、想要什麼東西，中文意思為「請給我～」。

例 お皿を　2枚　ください。　　　請給我兩個盤子。

鉛筆を　5本　ください。　　　請給我五支鉛筆。

❀ 文法4：數量詞

所謂的「助数詞」（數量詞），是在計算某個東西的數量時，加在數字後面的單位。可用來反映數目的形式、性質或程度，而根據物品種類的不同，量詞也有所差異。

例
枚：薄的、平坦的東西，如衣服、紙張、盤子、CD、毛巾等等。
本：細長的物品，如鉛筆、領帶、香蕉、雨傘等等。
冊：書籍、筆記本，如雜誌、筆記本、書本等等。
台：電器用品或交通工具，如汽車、腳踏車、電視、冰箱等等。
匹：小型動物、蟲類，如狗、貓、魚等等。

※在唸數量詞的時候，數量詞會因數字而產生音調的變化，請小心注意喔！

助数詞（数量詞）

数量詞	枚　片、張	冊　本	本　支、條	台　台
1	いちまい	**いっさつ**	**いっぽん**	いちだい
2	にまい	にさつ	にほん	にだい
3	さんまい	さんさつ	**さんぽん**	さんだい
4	よんまい	よんさつ	よんほん	よんだい
5	ごまい	ごさつ	ごほん	ごだい
6	ろくまい	ろくさつ	**ろっぽん**	ろくだい
7	ななまい	ななさつ	ななほん	ななだい
8	はちまい	**はっさつ**	**はっぽん**	はちだい
9	きゅうまい	きゅうさつ	きゅうほん	きゅうだい
10	じゅうまい	**じゅっさつ**	**じゅっぽん**	じゅうだい
?	なんまい	なんさつ	**なんぼん**	なんだい

會話

❀ 單字

1	サイズ 1 名	size（英）	尺寸
2	クッキー 1 名	cookie（英）	餅乾
3	セット 1 名	set（英）	套餐

（喫茶店で）

店員：いらっしゃいませ。

客　：すみません、紅茶、Lサイズで　一つ　お願いします。

店員：紅茶の　Lサイズが　お一つですね。クッキーは　いかが

　　　ですか。

客　：いくらですか。

店員：1枚　180円です。

客　：じゃ、紅茶と　セットに　できますか。

店員：できますよ。紅茶　Lサイズ　1杯と　クッキー　2枚で

　　　720円の　セットが　ありますが。

客　：じゃ、それに　します。

店員：かしこまりました。カウンターの　横で　お待ち　くださ

　　　い。

就職活動Ⅲ
しゅうしょく かつ どう

就職活動Ⅲ

　　接續上一課前兩個關卡的介紹，本課繼續分享其他就職活動面試關卡。而有些「撇步」，希望可以提供未來有興趣到日本或是在台日商工作的讀者參考。

「ワークショップ」（workshop）團體協作研習

　　不是每個公司都會有這一關，但是如果有的話，一定是大魔王。通常是倍率太高的企業刪減應徵者的大刀，其目的是找出有團隊精神的員工。通常是透過一整天從早到晚的團隊闖關比賽，選擇出成果最好的一隊晉級下一關面試，也有一些是從各隊中選出領導人晉級的方式。

第一次面試——人事部

　　第一次面試通常是由人事部來面試，主要是評鑑對於公司是否有認同感，或是想法是否符合公司理念（並沒有一定的對錯，只是合不合適。例如有些公司屬於積極開拓業務的企業，有些則相對守成，此時如果讓過分積極的員工進入保守的企業，其實對彼此都是傷害。）。這些理念通常在說明會裡都有介紹。此外，也會評估一些基本溝通能力，以及是否有表達的問題。

第二次、第三次面試——所屬課長面試

　　通過第一次面試之後，通常就會開始讓各個申請部門的課長或部長進行面試。這時候比起測試其專業知識，更多是了解其背景與日後是否有學習的動力。如果表現得積極向上，即使目前專業知識不足，都是可以被接受的。要記住日本企業打算用員工一輩子，因此也會教育與照顧員工一輩子。

　　花了許多篇幅，稍微比較詳細地說明日本畢業生就職流程，希望對讀者有助益。

MEMO

<ruby>毎日<rt>まいにち</rt></ruby> <ruby>勉強<rt>べんきょう</rt></ruby>します。

每天讀書。

學習目標

① 學習動詞（自動詞）的使用方法。

② 學習動詞（現在式）的肯定形與否定形。

③ 學習表示時間的助詞「に」。

▶ MP3-70

毎日　勉強します。

◉ 單字

❶ おとうと 4 名	弟	弟弟
❷ いもうと 4 名	妹	妹妹
❸ こんばん 1 名	今晩	今晩
❹ ひるやすみ 3 名	昼休み	午休
❺ あとで 1	後で	之後
❻ まいにち 1 名	毎日	毎天
❼ まいしゅう 0 名	毎週	毎週
❽ しゅうまつ 0 名	週末	週末
❾ やすみます 4 動	休みます	休息
❿ はたらきます 5 動	働きます	工作
⓫ べんきょうします 6 動	勉強します	唸書
⓬ アルバイトします 7 動	arbeitします（德）	打工

❀ 句型 I

名詞 は 動詞〜ます 。
名詞 は 動詞〜ません 。

名詞 動詞 。
名詞 不動詞 。

- 毎日 働きます。　　　　　毎天工作。
- 明日 勉強しません。　　　明天不唸書。
- 週末は 働きません。　　　週末不工作。

❀ 形の練習 I

| 肯定形 | → | 否定形 |

例 わたし・働きます　　→　わたしは 働きます。
　　　　　　　　　　　→　わたしは 働きません。

❶ 妹 ・アルバイトします →　_____　→　_____

❷ 弟 ・勉強します　　　→　_____　→　_____

❸ わたし・休みます　　　→　_____　→　_____

❹ 父・働きます　　　　　→　_____　→　_____

第14課

— 225 —

✿ 文の練習 I

例 × 明日（あした）

1 ○ 昼（ひる）

2 × 朝（あさ）

3 × 週末（しゅうまつ）

4 ○ あとで

例 明日（あした）　働（はたら）きません。
―――――――――――――――――――――――

1　_____

2　_____

3　_____

4　_____

毎日　アルバイトしますか。

🏵 單字

1. うんどうします ⑥ 動　　運動します　　　運動
2. しゅくだいします ⑥ 動　　宿題します　　　寫功課
3. かいものします ⑥ 動　　買い物します　　　買東西
4. よる ① 名　　夜　　　　　　　晚上

🏵 句型2

名詞 は 動詞〜ます か。

・・・はい、動詞〜ます。

・・・いいえ、動詞〜ません。

名詞 動詞 嗎？
…是的，動詞。
…不是，不動詞。

・日曜日も　働きますか。　　　　・・・はい、働きます。
　禮拜天也要工作嗎？　　　　　　…是的，要工作。

・毎日　アルバイトしますか。　　・・・いいえ、しません。
　每天都要打工嗎？　　　　　　　…不是，沒有每天。

第14課

❋形の練習2

　　　　　　　　　　　　か。　→　はい、　　　　　　　。

　　　　　　　　　　　　　　　　　　いいえ、　　　　　　　　。

例　明日・働きます

　　明日　働きますか。　→　はい、働きます。

　　　　　　　　　　　　→　いいえ、働きません。

❶ 毎日・運動します

　→ _____　→ _____　→ _____

❷ 夜・宿題します

　→ _____　→ _____　→ _____

❸ 来週・アルバイトします

　→ _____　→ _____　→ _____

❹ あとで・買い物します

　→ _____　→ _____　→ _____

🎎文の練習2

例　明日
1　あとで
2　毎日
3　週末
4　今日

例　明日　宿題しますか。　→　いいえ、宿題しません。

❶ _____ → _____

❷ _____ → _____

❸ _____ → _____

❹ _____ → _____

第14課

▶ MP3-72

明日　6時に　起きます。

❀ 單字

① おとうさん ② 名	お父さん	父親（令尊）
② おかあさん ② 名	お母さん	母親（令堂）
③ おにいさん ② 名	お兄さん	哥哥（令兄）
④ おねえさん ② 名	お姉さん	姐姐（令姐）
⑤ おとうとさん ⓪ 名	弟さん	弟弟（令弟）
⑥ いもうとさん ⓪ 名	妹さん	妹妹（令妹）
⑦ ねます ② 動	寝ます	睡覺
⑧ おきます ③ 動	起きます	起床

❀ 句型3

名詞 は　時間 に　　　　　　　　動詞。
　　　　時間 から　時間 まで

名詞　在 時間　　　　動詞。
　　　從 時間 到 時間

・（わたしは）　明日　6時に　起きます。
　我明天要6點起床。

・毎日　午前　8時から　午後　5時まで　働きます。
　每天從上午8點工作到下午5點。

― 230 ―

❀形の練習3

| | は | (| | に) | | 。 |

例 毎朝・わたし・6時・起きます。
→ 毎朝　わたしは　6時に　起きます。

❶ 毎晩・兄・11時・寝ます　　→ _____

❷ 毎日・弟・7時・起きます　　→ _____

❸ 明日・わたし・10時・寝ます　→ _____

| | は | | から | | まで | | 。 |

例 父・8時・5時・働きます。　→　父は　8時から　5時まで　働きます。

❹ 毎日・わたし・4時・7時・勉強します

　→ _____

❺ 毎週・妹・月曜日・水曜日・アルバイトします

　→ _____

❻ 来月・先生・3日・6日・休みます

　→ _____

❀文の練習3

例

お母_{かあ}さん・起_おきます

1

お父_{とう}さん・寝_ねます

2

弟_{おとうと}さん・起_おきます

3

妹_{いもうと}さん・寝_ねます

A： [　　　　　] は 何時_{なんじ}に [　　　　　] か。

B： [　　　　　] は [　　　　　] に [　　　　　] 。

例 A：お母_{かあ}さんは　何時_{なんじ}に　起_おきますか。

B：母_{はは}は　5時_{ごじ}に　起_おきます。

❶ A：＿＿＿＿＿＿＿＿＿＿＿＿＿＿＿＿

B：＿＿＿＿＿＿＿＿＿＿＿＿＿＿＿＿

❷ A：＿＿＿＿＿＿＿＿＿＿＿＿＿＿＿＿

B：＿＿＿＿＿＿＿＿＿＿＿＿＿＿＿＿

❸ A：＿＿＿＿＿＿＿＿＿＿＿＿＿＿＿＿

B：＿＿＿＿＿＿＿＿＿＿＿＿＿＿＿＿

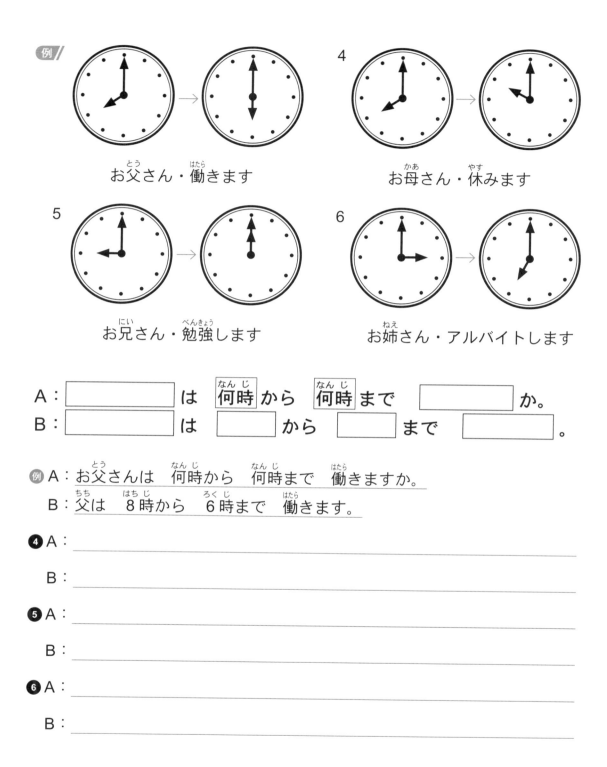

例

お父さん・働きます

4 お母さん・休みます

5 お兄さん・勉強します

6 お姉さん・アルバイトします

A：_____ は 何時 から 何時 まで _____ か。
B：_____ は _____ から _____ まで _____ 。

例 A：お父さんは 何時から 何時まで 働きますか。
　 B：父は 8時から 6時まで 働きます。

❹ A：＿＿＿＿＿＿＿＿＿＿＿＿＿＿＿＿＿＿＿＿＿

　 B：＿＿＿＿＿＿＿＿＿＿＿＿＿＿＿＿＿＿＿＿＿

❺ A：＿＿＿＿＿＿＿＿＿＿＿＿＿＿＿＿＿＿＿＿＿

　 B：＿＿＿＿＿＿＿＿＿＿＿＿＿＿＿＿＿＿＿＿＿

❻ A：＿＿＿＿＿＿＿＿＿＿＿＿＿＿＿＿＿＿＿＿＿

　 B：＿＿＿＿＿＿＿＿＿＿＿＿＿＿＿＿＿＿＿＿＿

第14課

文法

⬢ 文法1：動詞的現在式

日語的文法，只有現在式和過去式，沒有未來式。當要表達「未來」與「習慣」時，在日語中皆以現在式表示。

現在肯定形	～ます
現在否定形	～ません

例 明日 台北へ 行き**ます**。　　　明天要去台北。

毎日 台北へ 行き**ます**。　　　每天去台北。

動詞／名詞的時態

今	〔動詞〕ます／ません。		
	〔名詞〕です／では　ありません		
今日	明日	あさって	毎日
今週	来週	再来週	毎週
今月	来月	再来月	毎月
今年	来年	再来年	毎年

⬢ 文法2：動詞的疑問型

動詞的疑問型是在句尾加「～ますか」。而針對該疑問句，如果想表達肯定，會回答「はい、～ます。」（是的，會～）；如果想表達否定，會回答「いいえ、～ません。」（不，不會～）。

例 明日 働きますか。　　　明天工作嗎？

はい、働きます。　　　是的，要工作。

いいえ、働きません。　　　不是，不工作。

✺文法３

1. 時間＋「に」

　　「に」是助詞，當「に」前面的時間為含有數字的名詞時，「に」後面要接續表示動作的動詞，來表達該動作發生的時間。

「時間＋に＋動詞」

＊表達數字以外的時間時，不需要加助詞「に」。

あした~~に~~　試験が　終わります。　　考試在明天結束。

＊表達星期幾時，助詞「に」可加可不加。

試験は　木曜日（に）　終わります。　　考試在星期四結束。

＊【時間（に）＋動詞】

・時間有數字 → 「に」	⑩ 今日の　4時に　行きます。 今天的4點要去。 12月に　行きます。 12月要去。
・時間無數字 → 「~~に~~」	⑩ 去年　行きました。 去年去了。 明日の　午前　行きます。 明天的上午要去。
・「～曜日」（星期～）→ 可加可不加「に」	⑩ 月曜日　行きます。　　（○） 月曜日に　行きます。　（○） 禮拜一要去。

2. 疑問詞「いつ」（何時）

在使用「何時<ruby>なんじ</ruby>」（幾點）、「何月<ruby>なんがつ</ruby>」（幾月）、「何日<ruby>なんにち</ruby>」（幾日）、「何曜日<ruby>なんようび</ruby>」（星期幾）時，會加上表示時間的助詞「に」，但使用「いつ」時，後面不會加「に」。

例 いつ 日本<ruby>にほん</ruby>に 行<ruby>い</ruby>きますか。　　　何時要去日本呢？

3.「～から～まで」（從～到～）

「から」是指時間、地點的起點；「まで」是指時間、地點的終點。兩者皆可以單獨使用，也可以像「～から～まで」這樣一起搭配使用。

例 学校<ruby>がっこう</ruby>は 何時<ruby>なんじ</ruby>から 何時<ruby>なんじ</ruby>までですか。　　學校是從幾點到幾點呢？
学校<ruby>がっこう</ruby>は 何時<ruby>なんじ</ruby>からですか。　　　　學校是從幾點（開始）呢？
学校<ruby>がっこう</ruby>は 何時<ruby>なんじ</ruby>までですか。　　　　學校是到幾點呢？

單字

1	さいきん ⓪ 名	最近	最近
2	たくさん ⓪ 3 副	沢山	許多
3	がんばります 5 動	頑張ります	努力、加油
4	はやく 1 2 副	早く	快一點
5	からだに きを つけて ください	体に 気を 付けて ください	請注意身體
6	おひさしぶり ⓪	お久しぶり	好久不見

▶ MP3-74

A：お久(ひさ)しぶりです。最近(さいきん) どうですか。

B：大学(だいがく)は とても 忙(いそが)しいです。月曜日(げつようび)から 金曜日(きんようび)まで 毎(まい)日(にち) 8時(はちじ)から 5時(ごじ)まで 勉強(べんきょう)します。

A：毎日(まいにち)ですか。

B：はい、一年生(いちねんせい)は 授業(じゅぎょう)が たくさんです。それから、月曜日(げつようび)から 木曜日(もくようび)まで 夜(よる) 6時(ろくじ)から 9時(くじ)まで アルバイトします。

A：朝(あさ)は 何時(なんじ)に 起(お)きますか。

B：6時(ろくじ)です。

A：早(はや)いですね。じゃ、夜(よる)は 早(はや)く 寝(ね)ますか。

B：いいえ、毎晩(まいばん) 12時(じゅうにじ)に 寝(ね)ます。宿題(しゅくだい)も たくさんです。

A：大変(たいへん)ですね。体(からだ)に 気(き)を 付(つ)けて くださいね。

B：はい、頑張(がんば)ります。

第 **14** 課

サラリーマンとスーツ

上班族與西裝

　　提到日本的上班族，一定離不開電車跟西裝，這兩項看似沒有什麼特別，卻與大家的認知有所不同。筆者見過許多留學生因為不懂日本的規則而鬧出許多笑話，所以在此就「西裝」為大家做說明，帶您更深入了解日本喔！

就職活動用西裝

　　這種西裝通常是一生中最短命的西裝，一般只會用到1年到1年半左右而已，也就是只有從就職活動開始到入社上班的半年內會穿。就職活動用的西裝通常是深黑色、素色但略為亮面、剪裁樸素、微有或沒有腰身。男性當然是長褲，女性則通常是及膝裙，少數女性也會選擇長褲，然後搭配白色襯衫。皮鞋、公事包也是素色，以黑色為主。由於所有人都是相同樣式，因此準畢業生一定要去購買一套，畢竟不穿西裝或是穿不合規定的西裝，在面試時可是大扣分。

工作用西裝

　　工作用的西裝沒有強制規格，近年來UNIQLO也推出許多平價型西裝，基本上只要素面、剪裁一般即可。女性的部分則是視工作需求，許多職場是不需要穿西裝的，以端莊樸素為準則即可。太高的高跟鞋、過短的裙子、過多華麗的飾品都是不被允許的。

結婚典禮用西裝（禮服）

　　參加日本人的結婚典禮，男性一定要穿西裝。通常是素色、亮面，剪裁講求樸素端莊。女性則是穿著素面、深黑洋裝，然後搭配小型黑色皮包與簡單的首飾。不穿西裝或是太過華麗的裝扮都是非常失禮的。

葬禮用西裝（喪服）

　　其實喪禮用的男性西裝外觀與參加結婚的禮服相近，但是布料是深黑色，且厚重非亮面。男女皆會手持念珠。女性除了珍珠項鍊外，其他所有的裝飾與髮飾皆不宜。

MEMO

日曜日　車で　台南へ　行きます。

にちようび　くるま　たいなん　い

星期天要開車去台南。

學習目標

① 學習動詞（自動詞）的使用方法。

② 學習助詞「へ」、「で」、「と」、「に」，以及「疑問詞＋も＋否定」的用法。

③ 學習移動動詞、交通手段、場所（目的地）、（一起行動的）人等單字。

▶ MP3-75

息子は　学校へ　行きます。
(むすこ)　　(がっこう)　(い)

❀ 單字

1	たいなん	0	名	台南	台南
2	いきます	3	動	行きます	去
3	かれん	1	名	花蓮	花蓮

❀ 句型 I

> 名詞 は　場所 へ　移動動詞 。
>
> （どこへ）　　　　　　　　か。
>
> 名詞 要 移動動詞 到 場所 。
> 名詞 要 移動動詞 到哪裡嗎？

・娘は　学校へ　行きます　　　　女兒要去學校。
　(むすめ)　(がっこう)　(い)

・来月　母は　日本へ　来ます。　下個月媽媽要來日本。
　(らいげつ)　(はは)　(にほん)　(き)

❀ 形の練習 I

　　　　　□□□□□□ へ　行きます。
　　　　　　　　　　　(い)

例　日本　→　日本へ　行きます。
　(にほん)　　(にほん)　(い)

❶ 台南　→ ＿＿＿＿＿＿＿＿＿＿＿＿＿＿
　(たいなん)

❷ 郵便局　→ ＿＿＿＿＿＿＿＿＿＿＿＿
　(ゆうびんきょく)

❸ 喫茶店（きっさてん） → _____

❹ 花蓮（かれん） → _____

❺ 遊園地（ゆうえんち） → _____

 文の練習 I

例

1

2

3

例　<u>トイレへ　行（い）きます。</u>

❶ _____

❷ _____

❸ _____

第15課

かれ でんしゃ いえ かえ
彼は 電車で 家へ 帰ります。

單字

1. くるま ⓪ 名 　　　車 　　　　汽車
2. ひこうき ② 名 　　　飛行機 　　　飛機
3. じてんしゃ ⓪ 名 　　　自転車 　　　腳踏車
4. タクシー ① 名 　　　taxi（英）　　　計程車
5. スクーター ⓪ ② 名 　　scooter（英）　輕型摩托車
6. ふね ① 名 　　　船 　　　　船
7. あるいて ② 　　　歩いて 　　　走路

句型2

> 名詞 は 交通工具 で 場所 へ 移動動詞 。
> 　　　　　 なん
> 　　　　 何で 　　　　　　　　　　　　 か。
>
> 名詞 要用 交通工具 移動動詞 到 場所 。
> 名詞 要用什麼方法 移動動詞 到 場所 呢？

かれ でんしゃ いえ かえ
・彼は 電車で 家へ 帰ります。 他坐電車回家。

・わたしたちは 日曜日 車で 台南へ 行きます。
にちようび くるま たいなん い
我們星期天要開車去台南。

— 244 —

🎴 形の練習2

┌─────────────┐
│   │ で　行きます。
└─────────────┘

例 車 <ruby>車<rt>くるま</rt></ruby>　→　<ruby>車<rt>くるま</rt></ruby>で　<ruby>行<rt>い</rt></ruby>きます。

❶ タクシー　→　_____

❷ <ruby>自転車<rt>じてんしゃ</rt></ruby>　→　_____

❸ <ruby>飛行機<rt>ひこうき</rt></ruby>　→　_____

❹ <ruby>船<rt>ふね</rt></ruby>　→　_____

❺ ＊<ruby>歩<rt>ある</rt></ruby>いて　→　_____

🎴 文の練習2

例

1

2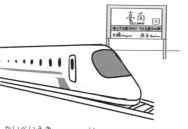

3

例 <ruby>車<rt>くるま</rt></ruby>で　<ruby>台北駅<rt>たいぺいえき</rt></ruby>へ　<ruby>行<rt>い</rt></ruby>きます。

❶ _____

❷ _____

❸ _____

山下さんは 同僚と 山へ 行きます。

🌼 單字

① むすこ 0 名	息子	兒子
② かぞく 1 名	家族	家族、家人
③ どうりょう 0 名	同僚	同事
④ ひとりで 2 副	一人で	一個人
⑤ なつやすみ 3 名	夏休み	暑假
⑥ ふゆやすみ 3 名	冬休み	寒假
⑦ おしょうがつ 0 5 名	お正月	元旦
⑧ れんきゅう 0 名	連休	連假
⑨ いっしょに 0 副	一緒に	一起

🌼 句型3

> 名詞 は 人 と 場所 へ 移動動詞 。
> 誰と（だれ）   か。
>
> 名詞 要和 人 移動動詞 到 場所 。
> 名詞 要和誰 移動動詞 到 場所 呢？

・山下さんは 同僚と 山へ 行きます。　山下先生（小姐）與同事要去山上。

・呉さんは 友達と 図書館へ 行きます。　吳先生（小姐）跟朋友要去圖書館。

☸ 句型 3

一緒に　動詞 ませんか。

要不要一起 動詞 呢？

・土曜日　一緒に　海へ　行きませんか。　　　禮拜六要不要一起去海邊呢？

・タクシーで　一緒に　帰りませんか。　　　要不要一起坐計程車回家呢？

☸ 形の練習 3

　　　　　　　　　　　と　行きます。

例 友達　→　友達と　行きます。

① 家族　→　_____

② 同僚　→　_____

③ 息子　→　_____

　　　　　と　　　　　　で　　　　　　へ　行きます。

例 同僚・飛行機・アメリカ→　同僚と　飛行機で　アメリカへ　行きます。

④ 娘・スクーター・公園　→　_____

⑤ 家族・新幹線・台南　→　_____

⑥ 同僚・MRT・101ビル　→　_____

— 247 —

◉文の練習3

例

夏休<small>なつやす</small>み・山<small>やま</small>

1

連休<small>れんきゅう</small>・淡水<small>たんすい</small>

2

お正月<small>しょうがつ</small>・花蓮<small>かれん</small>

3

冬休<small>ふゆやす</small>み・台南<small>たいなん</small>

例 夏休<small>なつやす</small>み 娘<small>むすめ</small>と 自転車<small>じてんしゃ</small>で 山<small>やま</small>へ 行<small>い</small>きます。

❶ _____

❷ _____

❸ _____

文法

🏵文法 I

1. 〔場所〕 へ 〔**行きます／来ます／帰ります**〕。

（移動方向） （移動動詞）

使用「へ」助詞時，此時的「へ」必須和「え」發同樣的「e」音，代表「移動方向」的意思。

2. 〔交通手段〕 で 〔場所〕 へ 〔**行きます／来ます／帰ります**〕。

（使用的交通工 （移動方向） （移動動詞）
具 [搭 / 乘]）

當要表現「交通方式」時，會在交通工具這個名詞後面加上助詞「で」，以表示「怎麼（用什麼交通工具）」前往，意思就像中文的「搭乘～」、「乘坐～」。但是，由於「歩く」（走路）不被視為「交通方式」，所以使用時會寫成「歩いて」，後面不加「で」。

例 歩いて 公園へ 行きます。走路去公園。

3. 〔人〕 と （一緒に） 〔場所〕 へ 〔**行きます／来ます／帰ります**〕。

（共同的動作行 （移動方向） （移動動詞）
為者 [和]）

「と」表動作、行為的共同進行者或對象，相當於中文的「和～」。但「一個人」的時候，只會用「一人で」。

例 一人で 帰ります。 一個人回去。

第
15
課

🎴 單字

① どこか	1	連	何処か	哪裡
② ふべん	1	名	不便	不方便
③ また	2	副	又	再、又

▶ MP3-79

周：こんにちは。今日は　天気が　いいですね。

林：周さん、こんにちは。本当に　気持ちいい　天気ですね。

周：今日は　どこか　行きますか。

林：ちょっと　近くの　デパートへ　行きます。

周：買い物ですか。いいですね。一人でですか。

林：いいえ、娘と　一緒に　行きますよ。

周：そこの　デパートは　駐車が　不便ですが、何で　行きます

　　か。

林：んー、じゃ、自転車で　行きます。では、また　あとで。

クリスマス文化

聖誕節文化

1854年日本結束鎖國，日本開始明治維新，並接收大量的西洋文化。其中當然少不了西洋曆法，包含從農曆改成西曆，並且開始過西方的節日，如元旦、萬聖節與聖誕節……等。而其中，聖誕節可說是最經典、但同時又衍生出日本獨特風貌的節日了。

情侶約會>家人團聚

在西方國家，會從聖誕節前開始就一直放假到元旦之後，基本上大家都是陪家人過節，是屬於家族團聚的節日。但是在日本，雖然聖誕節也是年末休假的起點，但比起家人團圓，讓人更先聯想到的其實是情侶約會。聖誕夜當天，基本上所有餐廳都會擠滿情侶。雖然還是有許多人在家陪家人，但是大部分的商業促銷還是以情侶為主，例如餐廳的情侶套餐。

聖誕大餐 VS 聖誕節蛋糕＋肯德基

比起西方國家包含烤雞、肉派、豬肋排與沙拉等的傳統聖誕大餐，日本並沒有特別的制式套餐，但大家一定要吃的是肯德基的炸雞與聖誕節奶油蛋糕（shortcake），彷彿這兩種食物就代表了整個聖誕節。因為肯德基成功的廣告，所有人都會在聖誕節吃肯德基的炸雞與蛋糕店的蛋糕，因此必須要在1-3個月前就預約。當天（甚至前1-2天）肯德基與大部分的蛋糕都是不賣非預約客的。即便只是取預約的餐點，仍然是大排長龍。

除此之外，聖誕節蛋糕也衍生用來形容女性的青春年華。這個形容，源自於「女性的年紀」與「聖誕節日期」的對應關係。例如18-24歲的女性如同12月18-24日的蛋糕一樣搶手。而蛋糕到了25日時就漸漸地賣不出去了，26日開始甚至需要半價來促銷，27日以後大概就腐敗沒有人要了。近年來因為兩性平等與晚婚的觀念，這種說法漸漸開始被禁止公開討論。

付録
ふろく
附録

① 「形の練習」、「文の練習」解答

② 會話中文翻譯

 「形の練習」、「文の練習」解答

—————— 第1課 ——————

第1課－1

形の練習1

1. わたしは　黄です。
2. 彼は　韓国人です。
3. 林さんは　台湾人です。
4. 陳さんは　学生です。
5. 佐藤さんは　医者です。

文の練習1

1. わたしは　会社員です。
2. 先生は　日本人です。
3. 陳さんは　台湾人です。

第1課－2

形の練習2

1. 彼女は　主婦じゃ　ありません。
2. 王さんは　警察官じゃ　ありません。
3. 江さんは　ベトナム人じゃ　ありません。
4. 劉さんは　中国人じゃ　ありません。
5. 彼は　一年生じゃ　ありません。

文の練習2

1. 彼は　医者じゃ　ありません。
2. 謝さんは　韓国人じゃ　ありません。
3. 彼女は　先生じゃ　ありません。

第1課－3

形の練習3

1. 郭さんは　先生ですか。
2. 田中さんは　銀行員ですか。
3. 鄭さんは　大学生ですか。
4. 先生は　アメリカ人ですか。
5. 彼は　フランス人ですか。

文の練習3

1. 郭さんは　医者ですか。
2. 陳さんは　銀行員ですか。
3. 田中さんは　大学生ですか。

—————— 第2課 ——————

第2課－1

形の練習1

1. これは　お茶です。
2. それは　パンです。
3. それは　プリンです。
4. あれは　お弁当です。
5. あれは　お菓子です。

文の練習1

1. あれは　おでんです。
2. これは　コーヒーです。
3. それは　パンです。

第2課－2

形の練習2

1. A：これは　何ですか。
　 B：それは　果物です。
2. A：それは　何ですか。
　 B：これは　野菜です。
3. A：あれは　何ですか。
　 B：あれは　みかんです。
4. A：それは　何ですか。
　 B：これは　梨です。

文の練習2

1. A：あれは　何ですか。
　 B：あれは　ライチです。
2. A：それは　何ですか。
　 B：これは　マンゴーです。
3. A：これは　何ですか。
　 B：それは　いちごです。

第2課－3

形の練習3

1. これは　エアコンですか、ヒーターですか。　エアコンです。
2. それは　テレビですか、コンピューターですか。　テレビです。
3. あれは　電話ですか、時計ですか。
　 電話です。

文の練習3

1. A：それは　ファックスですか、コピー機ですか。
　 B：コピー機です。

2. A：あれは　電話ですか、カメラですか。
　 B：カメラです。
3. A：これは　ヒーターですか、エアコンですか。
　 B：エアコンです。

第 3 課

第3課－1

形の練習1-1

1. 先生の　ボールペン
2. 日本語の　本
3. 英語の　ノート
4. 林さんの　ホッチキス

形の練習1-2

1. これは　カメラの　雑誌です。
2. これは　高さんの　ホッチキスです。
3. これは　英語の　本です。
4. これは　日本語の　ノートです。
5. これは　山下さんの　修正テープです。

文の練習1

1. これは　誰の　修正テープですか。
　 →　それは　郭さんのです。
2. あれは　誰の　カッターですか。
　 →　あれは　田中さんのです。
3. これは　何の　教科書ですか。
　 →　それは　英語のです。
4. それは　何の　雑誌ですか。
　 →　これは　コンピューターのです。

第3課－2

形の練習2-1

1. この　鍵は　林さんの　鍵です。
2. この　筆箱は　周さんの　筆箱です。
3. その　はさみは　劉さんの　はさみです。
4. その　USB メモリーは　先生のです。
5. あの　鍵は　王さんのです。
6. あの　物差しは　簡さんのです。

形の練習2-2

1. この　USB メモリーは　誰のですか。
   ・・・蔡さんのです。
2. その　プリントは　誰のですか。
   ・・・孫さんのです。
3. あの　筆箱は　誰のですか。
   ・・・頼さんのです。

文の練習2-1

1. 林さんのです。
2. 張さんのです。
3. 黄さんのです。
4. 楊さんのです。

文の練習2-2

1. この　プリントは　林さんのです。
2. あの　手帳は　張さんのです。
3. その　物差しは　黄さんのです。
4. この　筆箱は　楊さんのです。
5. あの　シャープペンシルは　周さんのです。

第3課－3

形の練習3

1. 張さんの　傘は　どれですか。
2. 王さんの　携帯は　どれですか。
3. 黄さんの　充電器は　どれですか。
4. 林さんの　眼鏡は　どれですか。

文の練習3

1. A：何さんの　傘は　どれですか。
   B：これです。
2. A：呂さんの　かばんは　どれですか。
   B：それです。
3. A：楊さんの　財布は　どれですか。
   B：あれです。
4. A：黄さんの　携帯は　どれですか。
   B：これです。

第4課

第4課－1

形の練習1

1. ここは　バス停です。
2. そこは　トイレです。
3. あそこは　喫茶店です。
4. こちらは　雑貨屋です。
5. そちらは　船乗り場です。
6. あちらは　淡水です。

文の練習1

1. そこは　トイレです。
2. あそこは　教室です。
3. ここは　バス停です。

第4課ー2

形の練習2

1. 地下街は　ここです。
2. 切符売り場は　そこです。
3. 高鉄乗り場は　あそこです。
4. ATM は　そちらです。
5. MRT 乗り場は　あちらです。
6. 台鉄乗り場は　こちらです。

文の練習2

1. MRT 乗り場は　ここです。
2. 切符売り場は　ここです。
3. 駅員は　ここです。
4. 地下街は　ここです。

第4課ー3

形の練習3

1. 台北 101 は　どこですか。
2. コインロッカーは　どこですか。
3. 店員は　どこですか。
4. エレベーターは　どちらですか。
5. エスカレーターは　どちらですか。
6. フードコートは　どちらですか。

文の練習3

1. A：すみません。レジは　どこですか。
2. A：すみません。店員は　どこですか。
3. A：すみません。コインロッカーは
　　　　どこですか。
4. A：すみません。サービスセンターは
　　　　どこですか。

第 5 課

第5課ー1

形の練習1

1. A：コンピューター教室の　教室番号は
　　　何番ですか。
　　B：コンピューター教室の　教室番号は
　　　315 です。
2. A：ホテルの　部屋番号は　何番です
　　　か。
　　B：ホテルの　部屋番号は　1203 です。
3. A：鈴木さんの　携帯番号は　何番です
　　　か。
　　B：鈴木さんの　携帯番号は　080-
　　　5916-3742 です。
4. A：郭さんの　学生番号は　何番です
　　　か。
　　B：郭さんの　学生番号は　155123 で
　　　す。

文の練習1

1. ホテルの　電話番号は　03-2157-8946
　　です。
2. ホテルの　部屋番号は　1805 です。
3. バスの　番号は　2011 です。

第5課ー2

形の練習2

1. A：会議は　いつですか。
　　B：会議は　3 月 8 日です。
2. A：コンサートは　いつですか。
　　B：コンサートは　10 月 30 日です。

3. A：パーティーは　いつですか。
　　B：パーティーは　１１月２５日です。
4. A：旅行は　いつですか。
　　B：旅行は　１２月２４日です。

文の練習2

1. 旅行は　７月６日です。
2. 卒業式は　３月１８日です。
3. 結婚式は　１０月１０日です。

第5課ー3

形の練習3

1. A：ご主人は　何歳ですか。
　　B：３１歳です。
2. A：息子さんは　何歳ですか。
　　B：１歳です。
3. A：娘さんは　何歳ですか。
　　B：１４歳です。
4. A：先輩は　何歳ですか。
　　B：２６歳です。

文の練習3

1. 息子は　３２歳です。
2. 王さんは　６４歳です。
3. 彼は　５８歳です。

第6課

第6課ー1

形の練習1-1

1. いちじよんじゅうごふん
2. よじにじゅうごふん

3. くじごじゅうごふん
4. しちじじゅうごふん
5. ろくじはん／ろくじさんじゅっぷん／
　　ろくじさんじっぷん

形の練習1-2

1. さんじ　さんじゅっぷん。
2. よじ　ごじゅうごふん。
3. しちじ　にじゅっぷん。
4. くじ　じゅうごふん。

文の練習1

1. 今　何時ですか。・・・午前　９時です。
2. 今　何時ですか。・・・午後　４時です。
3. 今　何時ですか。・・・午前　７時です。
4. 今　何時ですか。・・・午前　１１時です。

第6課ー2

形の練習2

1. 今日は　月曜日です。
2. 試験は　木曜日です。
3. 銀行の　休みは　土曜日と　日曜日です。
4. 明日は　火曜日です。

文の練習2

1. 金曜日です。
2. 木曜日です。
3. 月曜日です。
4. 土曜日です。

第6課－3

形の練習3

1. A：スーパーは　何時から　何時まで　で
　　　すか。
　　B：午前　9時から　午後　9時まで　で
　　　す。

2. A：会議は　何時から　何時まで　です
　　　か。
　　B：午後　2時から　午後　4時まで　で
　　　す。

3. A：デパートは　何時から　何時まで　で
　　　すか。
　　B：午前　11時から　午後　10時ま
　　　で　です。

4. A：授業は　何時から　何時まで　です
　　　か。
　　B：午前　8時から　午後　5時まで　で
　　　す。

文の練習3

1. A：すみません。映画は　何時から　何
　　　時までですか。
　　B：午前　10時から　午前　12時半
　　　までです。

2. A：すみません。病院は　何時から　何
　　　時までですか。
　　B：午後　2時半から　午後　4時20
　　　分までです。

3. A：すみません。テストは　何時から
　　　何時までですか。
　　B：午後　3時50分から　午後　5時
　　　30分までです。

4. A：すみません。春デパートは　何時か
　　　ら　何時までですか。
　　B：午前　11時から　午後　10時ま
　　　で　です。

第6課－4

形の練習4

1. 母は　病気でした。
　母は　病気では　ありませんでした。

2. 昨日は　会議でした。
　昨日は　会議では　ありませんでし
　た。

3. 病院は　休みでした。
　病院は　休みでは　ありませんでし
　た。

文の練習4

1. 先週　大学は　中間試験でした。
2. 去年　わたしは　二年生でした。
3. おととい　授業は　休みでした。
4. 昔　ここは　病院でした。

第 7 課

第7課－I

形の練習I

1. 交通は　便利です。
2. 食べ物は　おいしいです。
3. マンゴーは　甘いです。
4. 101ビルは　高いです。
5. 台湾は　暑いです。

文の練習1

1. 足つぼマッサージは　痛いです。
2. 台湾の　果物は　安いです。
3. 先生は　元気です。

第7課－2

形の練習2

1. 台湾大学は　狭く　ないです。
2. 台湾の　冬は　寒く　ないです。
3. 水は　冷たく　ないです。
4. 町は　静かじゃ　ありません。
5. 空気は　きれいじゃ　ありません。
6. 中国語は　簡単じゃ　ありません。

文の練習2

1. この　医者は　親切じゃ　ありません。
2. ホテルの　部屋は　広く　ありません。
3. この　お寺は　新しく　ありません。

第7課－3

形の練習3

1. A：一人旅は　大変ですか。
　 B：はい、大変です。
2. A：トイレは　汚いですか。
　 B：いいえ、汚く　ないです。
3. A：牛肉麺は　辛いですか。
　 B：いいえ、辛く　ないです。
4. A：臭豆腐は　臭いですか。
　 B：はい、臭いです。
5. A：ホテルは　古いですか。
　 B：いいえ、古く　ないです。

文の練習3

1. いいえ、よく　ないです。
2. はい、複雑です。
3. はい、多いです。

第7課－4

形の練習4

1. きれいな　部屋
2. 有名な　所
3. 面白い　人
4. にぎやかな　町
5. 冷たい　水
6. 広い　公園
7. 元気な　猫

文の練習4

1. にぎやかな　公園
2. 面白い　本
3. 汚い　猫

━━━ 第 8 課 ━━━

第8課－1

形の練習1

1. 王さんは　漫画が　好きです。
2. 袁さんは　料理が　嫌いです。
3. 何さんは　歌が　好きです。
4. 劉さんは　ダンスが　嫌いです。
5. 呉さんは　動物が　好きです。

文の練習1

1. 呂さんは　漫画が　嫌いです。

2. 蘇さんは 歌が 好きです。
3. 官さんは 音楽が 好きです。
4. 林さんは 勉強が 嫌いです。
5. 洪さんは ダンスが 好きです。

第8課－2
形の練習2

1. A：林さんは お酒が 好きですか。
   B：はい、好きです。
2. A：宋さんは 釣りが 好きですか。
   B：いいえ、好きじゃ ありません。
3. A：余さんは 温泉が 好きですか。
   B：はい、好きです。
4. A：湯さんは 占いが 好きですか。
   B：いいえ、好きじゃ ありません。

文の練習2

1. A：郭さんは 山登りが 好きですか。
   B：いいえ、好きじゃ ありません。
2. A：蔡さんは 温泉が 好きですか。
   B：はい、好きです。
3. A：林さんは 占いが 好きですか。
   B：はい、好きです。
4. A：王さんは 釣りが 好きですか。
   B：いいえ、好きじゃ ありません。

第8課－3
形の練習3

文型 3-1
1. 呂さんは 犬が とても 好きです。
2. 蘇さんは 旅行が とても 好きです。

3. 石さんは ショッピングが とても 好きです。
4. 李さんは 甘いものが とても 好きです。

文型 3-2
1. 胡さんは 猫が あまり 好きじゃ ありません。
2. 頼さんは ゲームが あまり 好きじゃ ありません。
3. 洪さんは 甘い ものが あまり 好きじゃ ありません。
4. 陳さんは 犬が あまり 好きじゃ ありません。

文の練習3

1. A：林さんは 甘い ものが 好きですか。
   B：いいえ、あまり 好きじゃ ありません。
2. A：呂さんは 旅行が 好きですか。
   B：いいえ、あまり 好きじゃ ありません。
3. A：蘇さんは ゲームが 好きですか。
   B：はい、とても 好きです。
4. A：郭さんは ショッピングが 好きですか。
   B：はい、とても 好きです。

第 9 課

第9課－1

形の練習 1

1. 歌舞伎は　とても　つまらなかったです。
2. 九份は　とても　面白かったです。
3. 生け花は　とても　難しかったです。
4. 昨日は　暇でした。
5. 雪まつりは　とても　にぎやかでした。
6. 東京の　電車は　とても　複雑でした。

文の練習 1

1. チケットは　高かったです。
2. 荷物は　重かったです。
3. 受付の　人は　ハンサムでした。

第9課－2

形の練習 2

1. お弁当は　温かく　なかったです。
2. わさびは　あまり　辛く　なかったです。
3. 納豆は　ぜんぜん　おいしく　なかったです。
4. 魚は　あまり　新鮮では　ありませんでした。
5. 味は　複雑では　ありませんでした。
6. 盛り付けは　ぜんぜん　きれいでは　ありませんでした。

文の練習 2

1. 蟹は　大きく　なかったです。
2. 梅は　酸っぱく　なかったです。
3. 茶道は　簡単では　ありませんでした。

第9課－3

形の練習 3

1. A：味は　どうですか。
   B：ちょうどいいです。
2. A：お風呂の　温度は　どうですか。
   B：熱いです。
3. A：食事の　量は　どうですか。
   B：とても　少ないです。
4. A：鎌倉は　どんな　所ですか。
   B：とても　静かです。
5. A：抹茶は　どんな　味ですか。
   B：苦いです。
6. A：お相撲さんは　どんな　人ですか。
   B：とても　大きいです。

文の練習 3

1. とても　面白い　所です。
2. とても　臭い　料理です。
3. とても　大変です。

第9課－4

形の練習 4

1. 日本の　回転寿司は　安いです。そして、種類が　豊富です。
2. 日本人は　優しいです。そして、とても　親切です。
3. 日本の　ラーメンは　塩辛いです。そして、脂っぽいです。

4. 新幹線は　速いですが、高いです。

5. スキーは　とても　難しいですが、面白いです。

6. 温泉は　熱いですが、とても　気持ちいいです。

文の練習4

1. この　ラーメンは　とても　熱いです。そして、<u>美味しい</u>です。

2. 居酒屋は　お酒の　種類が　豊富です。そして、<u>安い</u>です。

3. 京都の　お寺は　とても　古いですが、<u>きれい</u>です。

4. 奈良の　鹿は　少し　臭いですが、<u>可愛い</u>です。

5. この　遊園地は　全然　有名じゃ　ありませんが、<u>面白い</u>です。

第 10 課

第10課－1

形の練習1

1. 日本は　台湾より　物価が　高いです。
2. 北海道は　東京より　寒いです。
3. 弟は　兄より　背が　高いです。
4. 父は　母より　料理が　上手です。
5. 台北は　高雄より　人口が　多いです。

文の練習1

1. 今の　部屋は　昔の　部屋より　広いです。

2. 佐藤さんは　田中さんより　ハンサムです。

3. この　店は　あそこの　店より　高いです。

第10課－2

形の練習2

1. A：タイ料理と　韓国料理と　どちらが　辛いですか。

　 B：タイ料理の　ほうが　辛いです。

2. A：冬と　夏と　どちらが　好きですか。

　 B：夏の　ほうが　好きです。

3. A：日本語と　英語と　どちらが　得意ですか。

　 B：日本語の　ほうが　得意です。

第 11 課

第11課－1

ウォーミングアップ

1. 屋上に　きれいな　庭が　（　あります　）。
2. 靴売り場に　母が　（　います　）。
3. 4階に　事務所が　（　あります　）。
4. 入口に　警備員が　（　います　）。
5. 地下に　駐車場が　（　あります　）。

形の練習1

1. 2階に　かばん売り場が　あります。
2. 入口に　喫茶店が　あります。
3. 1階に　受付が　あります。
4. この　デパートに　ユニクロや　無印などが　あります。

5. 受付に 女の 人が います。

文の練習１

1. ８階に 映画館が あります。
2. 地下１階に スーパーが あります。
3. 服売り場に 友達が います。

第１１課－２
形の練習２

1. この 喫茶店に コーヒーや 紅茶が あります。
2. 地下１階に フードコートが あります。
3. この かばんの 中に 猫が います。

文の練習２

1. A：トイレの 前に 何が いますか。
   B：犬が います。
2. A：入口の 右に 何が ありますか。
   B：ごみ箱が あります。
3. A：コインロッカーの 中に 何が ありますか。
   B：かばんが あります。

第１１課－３
形の練習３

1. A：ゲームセンターに 誰が いますか。
   B：男の 子が います。
2. A：エレベーターの 前に 誰が いますか。

B：女の 人が います。
3. A：入口の 側に 誰が いますか。
   B：友達が います。

文の練習３

1. A：食品売り場に 誰が いますか。
   B：周さんが います。
2. A：ドアの 後ろに 誰が いますか。
   B：男の 子が います。
3. A：入口の 前に 誰が いますか。
   B：警備員が います。

第１２課
第１２課－１
形の練習１

1. バス停は お弁当屋の 向かいに あります。
2. タクシー乗り場は 駅の 前に あります。
3. 警察官は 門の 前に います。
4. 店員は レジの 近くに います。
5. 図書館は 市役所と 駐車場の 間に あります。

文の練習１

1. 女の 人は タクシー乗り場の 前に います。
2. プールは 小学校の 近くに あります。
3. バス停は 市役所の 右側に あります。

第12課－2

形の練習2

1. A：ユーバイクは　どこに　あります
　　　か。
　　B：バス停の　近くに　あります。
2. A：娘は　どこに　いますか。
　　B：自動販売機の　横に　います。
3. A：飲み物は　どこに　ありますか。
　　B：カウンターの　上に　あります。

文の練習2

1. カウンターの　中に　います。
2. 信号の　近くに　あります。
3. 車の　下に　います。

第13課

第13課－1

形の練習1

1. A：いもは　いくらですか。
　　B：80円です。
2. A：かぼちゃは　いくらですか。
　　B：430円です。
3. A：トマトは　いくらですか。
　　B：350円です。
4. A：きゅうりは　いくらですか。
　　B：260円です。
5. A：たまねぎは　いくらですか。
　　B：280円です。

文の練習1

1. チンゲン菜は　150円です。
2. 長葱は　360円です。

3. 茄子は　280円です。

第13課－2

形の練習2

1. ラーメンを　ください。
2. かつ丼を　ください。
3. 牛丼を　ください。
4. タピオカミルクティーを　ください。
5. 紅茶を　ください。

文の練習2

1. すみません、うどんを　ください。
2. すみません、オムライスを　ください。
3. すみません、かつ丼を　ください。
4. すみません、唐揚げを　ください。

第13課－3

形の練習3

1. ナイフを　4本　ください。
2. CDを　5枚　ください。
3. タブレットを　1台　ください。
4. スプーンを　7本　ください。
5. 皿を　9枚　ください。

文の練習3

1. フォークを　3本　ください。
2. 切手を　5枚　ください。
3. 皿を　2枚　ください。
4. タブレットを　1台　ください。
5. 雑誌を　6冊　ください。

第14課－1

形の練習1

1. 妹は　アルバイトします。
   → 妹は　アルバイトしません。
2. 弟は　勉強します。
   → 弟は　勉強しません。
3. わたしは　休みます。
   → わたしは　休みません。
4. 父は　働きます。
   → 父は　働きません。

文の練習1

1. 昼　休みます。
2. 朝　勉強しません。
3. 週末　休みません。
4. あとで　働きます。

第14課－2

形の練習2

1. 毎日　運動しますか。
   → はい、運動します。
   → いいえ、運動しません。
2. 夜　宿題しますか。
   → はい、宿題します。
   → いいえ、宿題しません。
3. 来週　アルバイトしますか。
   → はい、アルバイトします。
   → いいえ、アルバイトしません。
4. あとで　買い物しますか。
   → はい、買い物します。
   → いいえ、買い物しません。

文の練習2

1. あとで　運動しますか。
   → はい、運動します。
2. 毎日　アルバイトしますか。
   → いいえ、アルバイトしません。
3. 週末は　買い物しますか。
   → いいえ、買い物しません。
4. 今日は　働きますか。
   → はい、働きます。

第14課－3

形の練習3

1. 毎晩　兄は　11時に　寝ます。
2. 毎日　弟は　7時に　起きます。
3. 明日　わたしは　10時に　寝ます。
4. 毎日　わたしは　4時から　7時まで　勉強します。
5. 毎週　妹は　月曜日から　水曜日まで　アルバイトします。
6. 来月　先生は　3日から　6日まで　休みます。

文の練習3

1. A：お父さんは　何時に　寝ますか。
   B：父は　10時に　寝ます。
2. A：弟さんは　何時に　起きますか。
   B：弟は　6時に　起きます。
3. A：妹さんは　何時に　寝ますか。
   B：妹は　11時に　寝ます。
4. A：お母さんは　何時から　何時まで　休みますか。

B：母は　8時から　10時まで　休み
　　ます。

5. A：お兄さんは　何時から　何時まで
　　　勉強しますか。

　　B：兄は　9時から　12時まで　勉強
　　　します。

6. A：お姉さんは　何時から　何時まで
　　　アルバイトしますか。

　　B：姉は　3時から　7時まで　アル
　　　バイトします。

--- 第15課 ---

第15課-1
形の練習1

1. 台南へ　行きます。
2. 郵便局へ　行きます。
3. 喫茶店へ　行きます。
4. 花蓮へ　行きます。
5. 遊園地へ　行きます。

文の練習1

1. レストランへ　行きます。
2. 美術館へ　行きます。
3. 銀行へ　行きます。

第15課-2
形の練習2

1. タクシーで　行きます。
2. 自転車で　行きます。
3. 飛行機で　行きます。
4. 船で　行きます。
5. 歩いて　行きます。

文の練習2

1. スクーターで　図書館へ　行きます。
2. 新幹線で　台南へ　行きます。
3. 歩いて　病院へ　行きます。

第15課-3
形の練習3

1. 家族と　行きます。
2. 同僚と　行きます。
3. 息子と　行きます。
4. 娘と　スクーターで　公園へ　行きま
　　す。
5. 家族と　新幹線で　台南へ　行きます。
6. 同僚と　MRTで　101ビルへ　行きま
　　す。

文の練習3

1. 連休　息子と　タクシーで　淡水へ
　　行きます。
2. お正月　家族と　車で　花蓮へ　行
　　きます。
3. 冬休み　同僚と　新幹線で　台南へ
　　行きます。

會話中文翻譯

第 1 課

（在教室）

林　：日安，初次見面，我姓林。

鈴木：日安，初次見面，我姓鈴木。

林　：我是學生，鈴木先生（小姐）呢？

鈴木：我是上班族，林同學是高中生嗎？

林　：不，我不是高中生。我是大學生。

鈴木：這樣啊。

林　：今後請多多指教。

鈴木：哪裡哪裡，請多多指教。

第 2 課

（在水果店）

店員：歡迎光臨。

客人：那個，不好意思。這是什麼呢？

店員：這是芒果哦。

客人：那麼，那個是什麼呢？

店員：那個是荔枝。

客人：嗯？那個是橘子嗎？還是柳橙呢？

店員：是橘子。

客人：咦～，哪裡（產）的橘子呢？

店員：是愛媛的（橘子）喔。

客人：這樣啊。

第 3 課

（在教室）

老師：這個是林先生（小姐）的電腦嗎？

林　：啊，對的。

老師：這個充電器也是林先生（小姐）的嗎？

林　：對，那也是我的。不好意思。

老師：這本雜誌是誰的呢？是周先生（小姐）的嗎？

周　：什麼的雜誌呢？

老師：英語的雜誌。

周　：那不是我的。是劉先生（小姐）的。啊，老師，不好意思，今天的講義是哪個呢？

老師：今天的是那個哦。

第 4 課

（在台北 101）

陳：不好意思，請問美食街在哪裡呢？

林：在那裡喔。

陳：謝謝。

（在美食街）

陳　：那個……。請問這裡是鼎泰豐嗎？

店員：這裡不是鼎泰豐哦。

陳　：那樣啊。那麼，是在哪裡呢？

店員：在那邊的美食街哦。

陳　：謝謝。

第 5 課

（電話中）

A：日安，這裡是 ABC 美髮店。

B：可以預約嗎？

A：是的，請問要約何時呢？

B：請幫我約下個月 4 號的早上 9 點。

A：好的。那麼，請問您的名字是？

B：我姓劉。

A：請問您的電話號碼是幾號呢？

B：09-638-275。

A：嗯，09-638-275 號沒錯吧。那麼，已經
　　幫您約好 5 月 4 日星期四上午 9 點了。

B：謝謝您。

第 6 課

（在公車站牌）

A：那個……，不好意思。現在是幾點呢？

B：嗯……，現在是 9 點 25 分哦。

A：9 點 25 分嗎？謝謝。

（手機通話中）

A：您好，這裡是櫻事務所。

B：那個……，你們從幾點到幾點呢？

A：從早上 9 點開始到下午 4 點。

B：原來如此。然後，請問休息日是星期幾
　　呢？

A：只有星期日喔。

B：那麼，因為今天是星期六，所以沒問題
　　對吧？謝謝。

第 7 課

A：台灣的食物，牛肉麵啦小籠包啦，都很
　　好吃呢。

B：鳳梨酥或珍珠奶茶在日本也很有名對
　　吧。

A：但是，在日本珍珠奶茶可不便宜。是台
　　灣的三倍左右的價格喔。台灣很便宜
　　呢。

B：對了，觀光開心嗎？

A：是的。101 大樓或九份都是非常美好的
　　地方呢。

B：晚上的夜景也很美麗喔。此外，夜市也
　　非常有趣呢。

A：這樣啊。台灣是很棒的國家呢。

第 8 課

陳　：這個是什麼？

田中：這個是納豆。是日本的食物喔。

陳　：好吃嗎？

田中：嗯，我非常喜歡納豆。陳先生要不
　　　要也試試看呢？

陳　：謝謝。（試吃中）嗯……。

田中：怎麼樣？

陳　：啊，不太……。氣味有點……。

第 9 課

（早市的餐廳裡）

A：今天的餐點如何呢？

B：非常好吃。分量也剛剛好。

A：這樣啊。那真是太好了。

B：（一邊指著菜單上「活體烏賊原狀擺盤
　　的照片」）那個，不好意思，請問這是
　　怎麼樣的料理呢？

A：這個是烏賊的生魚片喔。是函館早市有
　　名的料理。

B：非常美麗耶。

A：對吧。新鮮的烏賊並不白。而是透明的
　　喔。活體烏賊非常甜。而且，鮮味十足。

B：那麼，下次點點看這個好了。

第 10 課

黃：菜單相當豐富呢。

周：真的耶。該怎麼辦呢？

黃：周小姐，草莓奶油蛋糕跟巧克力蛋糕，
　　你喜歡哪一個呢？

周：嗯～，我比較喜歡草莓奶油蛋糕耶。

黃：這樣啊。我比較喜歡巧克力蛋糕。這
　　個巧克力蛋糕非常有名喔。

周：這樣啊。但是，它比起草莓奶油蛋糕甜。
　　而且，卡路里也高喔。

黃：雖然是那樣，但是因為很好吃，所以沒關係。對了，要點什麼飲料呢？咖啡跟紅茶，哪一個好呢？

周：我雖然比較喜歡咖啡，但是今天選紅茶。

黃：那麼，我也選一樣的。

第 11 課

顧客：這附近有百貨公司嗎？

Ａ　　：是的。在那棟建築物的右邊有喔。

顧客：這樣啊。謝謝你。

（在百貨公司）

顧客：不好意思。這裡有優衣庫嗎？

店員：是的，有喔。在 3 樓有包包賣場。在那旁邊喔。

顧客：在包包賣場的隔壁有優衣庫是吧。謝謝你。

第 12 課

（大街上）

Ａ：那個，不好意思。這裡是哪裡呢？

Ｂ：你迷路了嗎？這裡是圖書館的附近喔。

Ａ：這樣啊。請問區公所在哪裡呢？

Ｂ：離這裡有點遠，區公所是在松山車站的旁邊喔。

Ａ：那麼，這附近有計程車招呼站或者是微笑單車站嗎？

Ｂ：在那邊的便當專賣店前面有微笑單車站喔。

Ａ：這樣啊。謝謝您。

第 13 課

（在咖啡廳）

店員：歡迎光臨。

顧客：不好意思，麻煩給我一杯大杯的紅茶。

店員：一杯大杯紅茶對吧。有需要餅乾嗎？

顧客：多少錢呢？

店員：一片 180 日圓。

顧客：那麼，可以和紅茶搭成套餐嗎？

店員：可以喔。有一杯大杯紅茶跟兩片餅乾總共是 720 日圓的套餐。

顧客：那麼，我決定那個。

店員：好的。請在櫃臺旁邊稍等。

第 14 課

Ａ：好久不見。最近如何呢？

Ｂ：大學非常忙。禮拜一到禮拜五每天都從 8 點學習到 5 點。

Ａ：每天嗎？

Ｂ：是的，一年級的課非常多。並且，禮拜一到禮拜四晚上 6 點到 9 點都要打工。

Ａ：早上都幾點起床呢？

Ｂ：6 點。

Ａ：好早喔。那麼，晚上很早睡嗎？

Ｂ：不是的。每晚都 12 點睡。功課也很多。

Ａ：很辛苦耶。請注意身體健康喔。

Ｂ：好的，我會加油的。

第 15 課

周：日安。今天天氣很好耶。

林：周先生，日安。真是舒服的天氣呢。

周：今天有要去哪裡嗎？

林：要稍微去一下附近的百貨公司。

周：買東西嗎？真不錯。一個人去嗎？

林：不是的，是跟女兒一起去喔。

周：那間百貨公司停車不方便喔，要怎麼去呢？

林：嗯，這樣的話，騎腳踏車去好了。那麼，再見了。

國家圖書館出版品預行編目資料

元氣日語初級 / 本間岐理、郭建甫著
-- 初版 -- 臺北市：瑞蘭國際, 2022.09
272面；19 x 26公分 --（日語學習系列；64）
ISBN：978-986-5560-65-2（平裝）
1.CST：日語 2.CST：讀本

803.18   111004000

日語學習系列 64

元氣日語初級

作者｜本間岐理、郭建甫
責任編輯｜葉仲芸、王愿琦
校對｜本間岐理、郭建甫、葉仲芸、王愿琦

日語錄音｜本間岐理、上原貢希
錄音室｜純粹錄音後製有限公司
封面設計、版型設計｜陳如琪
內文排版｜邱亭瑜
美術插畫｜Syuan Ho

瑞蘭國際出版

董事長｜張暖彗・社長兼總編輯｜王愿琦
編輯部
副總編輯｜葉仲芸・主編｜潘治婷
設計部主任｜陳如琪
業務部
經理｜楊米琪・主任｜林湲洵・組長｜張毓庭

出版社｜瑞蘭國際有限公司・地址｜台北市大安區安和路一段104號7樓之1
電話｜(02)2700-4625・傳真｜(02)2700-4622・訂購專線｜(02)2700-4625
劃撥帳號｜19914152 瑞蘭國際有限公司
瑞蘭國際網路書城｜www.genki-japan.com.tw

法律顧問｜海灣國際法律事務所　呂錦峯律師

總經銷｜聯合發行股份有限公司・電話｜(02)2917-8022、2917-8042
傳真｜(02)2915-6275、2915-7212・印刷｜科億印刷股份有限公司
出版日期｜2022年09月初版1刷・定價｜450元・ISBN｜978-986-5560-65-2